Nicholas Brazier, M. Mélesville

Catherine, ou, La croix d'or

Comédie en deux actes, mêlée de chants

Nicholas Brazier, M. Mélesville

Catherine, ou, La croix d'or

Comédie en deux actes, mêlée de chants

Réimpression inchangée de l'édition originale de 1835.

1ère édition 2024 | ISBN: 978-3-38664-143-2

Antigonos Verlag est une marque de Outlook Verlagsgesellschaft mbH.

Verlag (Éditeur): Outlook Verlag GmbH, Zeilweg 44, 60439 Frankfurt, Deutschland
Vertretungsberechtigt (Représentant autorisé): E. Roepke, Zeilweg 44, 60439 Frankfurt, Deutschland
Druck (Imprimerie): Libri Plureos GmbH, Friedensallee 273, 22763 Hamburg, Deutschland

CATHERINE

ou

LA CROIX D'OR,

COMÉDIE EN DEUX ACTES, MÊLÉE DE CHANTS,

PAR MM. BRAZIER ET MÉLESVILLE,

Représentée pour la première fois, à Paris, sur le théâtre national du Vaudeville,
le 2 mai 1835.

DISTRIBUTION DE LA PIÈCE.

MAURICE-PILOIS..	MM. CHARLES POTIER.
CHARLES BOUDET, lieutenant de la garde..................	HIPPOLYTE.
AUSTERLITZ, sergent......................................	LAFONT.
HUBERT, charretier.......................................	MATHIEU.
CATHERINE, sœur de Pilois...............................	Mlles BROHAN.
LOUISE, orpheline, fiancée de Maurice Pilois...............	LOUISE MAYER.
CONSCRITS. — PAYSANS. — JEUNES FILLES.	

La scène se passe dans un village de Bretagne, aux environs de Plavignier.

ACTE PREMIER.

Le théâtre représente une salle basse de maison de village. — Porte et larges croisées au fond, donnant sur la grand'route. — A gauche, l'entrée des chambres et de la cuisine ; à droite, une petite porte conduisant à un hangar. — Meubles grossiers.

SCÈNE I.

CATHERINE, seule *.

(Il y a une lampe sur la table. Catherine referme la petite porte à droite qui conduit au hangar, en parlant à une personne qu'elle y a fait entrer.)

Oui, mon brave homme... reposez-vous là... tout à votre aise !... vous avez de bonne paille !.. on vous avertira pour le souper !... vous serez content, allez... c'est une auberge très distinguée... où l'on ne reçoit que des marchands d'œufs et des rouliers. (Elle referme la porte.) Est-il trempé ! ah !... faut qu'il en ait reçu !... je voulais lui allumer du feu, lui donner une chambre, il a mieux aimé c'te petite grange !... Au fait, il ne risque pas d'abimer les meubles !... et c'est plus sage... car il n'a pas la mine de payer en milord !... une blouse déchirée et un vieux chapeau rabattu...

* Les acteurs sont placés en tête de chaque scène comme ils doivent l'être au théâtre : le premier inscrit tient toujours la gauche du spectateur, ainsi de suite.

si bien que je n'ai pas vu sa figure !... et j'y pense maintenant !... si c'était quelqu'un de suspect... un vagabond... un... Oh ! non !...

AIR : du Vaudeville de l'Apothicaire.

Un pauvr' piéton que je reçois !...
De lui, je n' suis jamais inquiète !
J' sais qu'il paira !... mais quand je vois
Un aigrefin, en belle toilette...
Qui parle haut, goût' tous les vins,
Et fait tout mettr' sur ses mémoires...
Sur mes poch's, moi, j'mets mes deux mains,
Et j'ôt' la clé d' tout's les armoires !

SCÈNE II.

CATHERINE, LOUISE.

LOUISE, entr'ouvrant la porte du fond.
Catherine !...

CATHERINE.
C'est toi, Louise ?... Eh bien ! viens donc... est-ce que tu n'es pas de la maison ?

LOUISE, *timidement.*

Est-il rentré ?

CATHERINE.

Qui ?

LOUISE.

M. Maurice ?

CATHERINE.

Mon frère? ah bien oui !... un tirage à la conscription... c' n'est pas une petite affaire? Avant que l'on ait mesuré celui-ci, redressé celui-là... fait voir les aveugles, fait marcher les bancals, écouté le discours de M. le sous-préfet !... car ce n'est pas tout d'être conscrit, faut encore entendre le sous-préfet ! .. tous les désagrémens à la fois !...

LOUISE, *soupirant.*

Je n'ai fait que pleurer toute la nuit !...

CATHERINE.

Tu as peur qu'il n'amène un mauvais numéro?...

LOUISE.

Dame ! on ne le choisit pas.

CATHERINE.

Qui est ce qui vous en empêche? on y a la main ! mais je suis bien tranquille, va ! tout lui réussit à mon frère ! .. il est comme Napoléon !!! il a son étoile.

LOUISE.

Son étoile!... oui, joliment.

AIR : Qu'il est flatteur d'épouser celle.

Ces deux maladi's qu'il a faites !

CATHERINE.

Mais depuis, il n' s'en port' que mieux...

LOUISE.

Il n' gagne rien !...

CATHERINE.

Il n' fait pas d' dettes !
Quand on est pauvr'... c'est bien heureux !
Avant qu'il n' parvînt à te plaire,
Il se s' rait marié de bon cœur !...
Personn' n'en a voulu, ma chère...
Il a toujours eu du bonheur !

LOUISE.

Et c'te auberge où il ne vient jamais de voyageurs...

CATHERINE.

Qu'est-ce que tu dis donc?... nous en avons un en blouse!... mais je doute qu'il paie l'arriéré!... Aussi mon frère a rendu cette bicoque au propriétaire, et il vient de prendre à bail une bonne petite ferme que nous ferons valoir... et où nous irons nous établir dès que vous serez mariés.

LOUISE.

Et s'il tombe au sort !...

CATHERINE.

Allons donc!... est-ce que c'est possible !... il n'y aurait plus de justice ici bas ni dans le ciel... Mon frère! notre seul bien, notre seul appui ! que deviendrais-je, grand Dieu !... moi qui n'ai de joie qu'auprès de lui... Pauvre Maurice, je le vois encore quand nous avons perdu notre père !... il n'avait que douze ans... et moi cinq. . il n'avait jamais voulu rien faire... il passait sa vie à jeter des pierres aux passans ou à grimper dans les pommiers des jardins voisins... un vrai polisson !... mais dès qu'il vit que nous étions seuls au monde... et que je pleurais... il devint un homme! « Console-toi, ma petite Catherine, me dit-il, je n'ai » que douze ans .. mais c'est moi qui serai ton soutien, ton protecteur !... je le jure devant Dieu... » devant mon père !... » Et il a tenu parole !. il est devenu le meilleur sujet du village... Le matin, il me menait à l'école... et puis il allait travailler pour nous deux, dans les champs, dans les granges! le soir il venait me reprendre... et rentrés chez nous... je lui montrais ce que j'avais appris le matin !... à lire, à écrire !... je faisais à mon tour la maîtresse d'école !.. il m'écoutait, il se laissait gronder... il se laissait mettre en pénitence !... pauvre frère !...

LOUISE.

Et moi donc !... est-ce qu'il n'a pas soigné ma mère comme la sienne propre !... et quand je l'ai perdue, ne m'a-t-il pas proposé de m'épouser... en me disant avec un air si simple : *Je travaillais pour deux, mamselle... eh bien ! je travaillerai pour trois!*

CATHERINE.

Oh! c'est un cœur ! . comme il n'y en a pas!...

AIR . Te souviens-tu, Marie?

Pour ce bon petit frère
Je n' sais pas ce que j' f'rais !
Je suis presque, ma chère,
Jalous' de tes attraits !...
Louise, de son âme
Je connais la candeur...
Aussi j'approuv' ta flamme,
Car je sens dans mon cœur
Que j' voudrais êtr' sa femme,
Si j' n'étais pas sa sœur...

LOUISE.

Eh ! qui ne l'aimerait pas?

CATHERINE.

Vois-tu, il va amener un bon numéro... mes pressentimens ne me trompent jamais !... demain vous vous mariez, nous nous installons dans notre petite ferme, où nous serons si heureux tous les trois...

LOUISE.

Tous les quatre !... car tu te marieras aussi.

CATHERINE.

Moi ? oh! non.

LOUISE.

Pourquoi ?...

CATHERINE.

Je n'aime personne.

LOUISE.

Personne!

CATHERINE.

Que toi et mon frère .. et puis vos enfans quand

vous en aurez... je les gâterai, je les élèverai... ça me revient de droit... Je serai la bonne vieille tante! la vieille gangan... je mettrai des lunettes pour leur montrer à lire; je leur donnerai des tartines et le fouet; ils m'aimeront bien, va! Il faudra en avoir beaucoup!

LOUISE.

Que tu es folle!... Ah! c'est Maurice!

CATHERINE, avec joie.

Dieu merci!...

oo<><><><><><><><><><><><><><><><><><><><><><><><><><><>o<><>o

SCÈNE III.

MAURICE, CATHERINE, LOUISE.

MAURICE, à lui-même.

Allons!... quand je me casserais la tête contre les murs!... (Il aperçoit Louise.) Tiens... Louise était ici!...

LOUISE.

Nous vous attendions, monsieur Maurice; est-ce que cela vous contrarie?

MAURICE, affectant de la gaîté.

Au contraire, je suis enchanté...

CATHERINE.

Nous v'là tout portés pour nous réjouir ensemble. Eh bien! voyons, ta fameuse conscription... t'en v'là quitte?... as-tu mis la main dans le chapeau du sous-préfet?... est-ce fini?...

MAURICE, avec un petit soupir.

Oui!...

LOUISE.

Et vous avez amené un bon numéro?

MAURICE.

Mais... le meilleur!

LOUISE, avec joie.

Ah!

CATHERINE, de même, à Louise.

Qu'est-ce que je te disais!...

MAURICE.

Le numéro un!

CATHERINE.

Comment!

LOUISE.

O ciel!...

CATHERINE.

Le numéro un!... tu as été le prendre!...

MAURICE.

Il fallait bien que quelqu'un le prît!... il ne pouvait pas rester pour le compte du sous-préfet!...

CATHERINE.

Oui, mais toi, mon frère!...

LOUISE, pleurant.

Vous allez partir!... nous abandonner!...

CATHERINE, de même.

Te faire tuer!...

MAURICE.

Ah! un moment!... je ne suis pas encore mort!...

CATHERINE, sanglotant.

Tu n'en vaux guère mieux, va!...

MAURICE.

Que diable! il n'y a pas des boulets de canon pour tout le monde!...

CATHERINE, de même.

Ce n'est pas ça qui manque!... (S'essuyant les yeux.) Mais tu n'iras pas!...

LOUISE.

Oh! non.

MAURICE.

Chut!... voici quelqu'un!... essuyez vos yeux.

ce><><><><><><><><><><><><><><><><><><><><><><><><>o.oo>o

SCÈNE IV.

MAURICE, AUSTERLITZ, CATHERINE, LOUISE.

AUSTERLITZ.

Salut! mesdemoiselles ou mesdames, souffrez que je m'incline! Le soldat doit se courber devant le sexe, comme disait un ancien militaire.

MAURICE.

C'est le sergent Austerliz!...

CATHERINE, brusquement.

Eh bien! que voulez-vous?... que venez-vous faire ici?...

AUSTERLITZ.

Complimenter monsieur votre frère.

LOUISE, tristement.

Il y a bien de quoi!...

AUSTERLITZ.

Certainement, la grâce avec laquelle il a amené le numéro un m'a gagné le cœur!... Savez-vous qu'il a eu la main heureuse!... Le numéro un!... il n'y en a pas deux comme ça dans le sac!... Dans les temps, j'ai eu le numéro cinq, et je me croyais favorisé de la nature!...

MAURICE.

Je ne me plains pas!...

CATHERINE, l'interrompant vivement.

Oh! sans doute, ça lui est bien égal... Il ne partira pas!...

AUSTERLITZ, retroussant sa moustache et regardant Maurice.

Hein?

MAURICE, le poussant et lui montrant les femmes.

Motus devant ces femmes!...

AUSTERLITZ, comprenant.

C'est juste!... la beauté est naturellement sensible.

CATHERINE.

D'abord, il n'a pas l'âge.

AUSTERLITZ.

Oh! le sénatu-consul a donné des dispenses...

CATHERINE.

Il est trop petit.

AUSTERLITZ.

AIR : A soixante ans.

Il grandira le jour de la bataille,
Je vous en donn' ma parole d'honneur.
D'un grenadier s'il lui manque la taille,
Nous en ferons un gentil voltigeur,
Nous en ferons un charmant voltigeur ;
Et, comm' disait un ancien militaire,
Toujours à l'aune on mesure les draps...
Mais le courage ainsi ne s' mesur' pas,
Et notr' Emp'reur est bien la preuv', j'espère,
Qu' dans les p'tit's boît's on trouv' les bons soldats.

LOUISE, timidement.

Oui, mais monsieur Maurice n'est pas fort.

CATHERINE.

Et il n'aime pas l'état militaire.

AUSTERLITZ.

Ah ! dame ! des goûts et des couleurs on ne peut pas en disputer. Après ça, je vous dirai que l'Empereur a une faiblesse, c'est que ça lui est complétement indifférent qu'on aime ou qu'on n'aime pas l'état militaire. Il a dit à ça : le soldat est parfaitement libre de ses actions, pourvu qu'il réponde aux appels et qui fasse son temps. Mais vous concevez que s'il lui fallait consulter le goût de chacun, ça serait peu en harmonie avec sa gloire et la loi sur la conscription !...

CATHERINE.

Oh ! pardi, l'Empereur, parce qu'il est toujours prêt à se battre, il croit que tout le monde est comme lui, qu'on n'a que cela à faire !... C'est commode.

MAURICE.

Catherine !

CATHERINE.

Mon frère n'a pas le temps, il vient de louer une ferme... il se marie... v'là sa future !... Mais, avance donc, Louise ! parle donc...

LOUISE, près de lui.

Oui, monsieur le sergent, c'est moi !...

AUSTERLITZ, souriant.

C'est un motif !... Mais, voyez-vous, mes petites colombes, je vous parle en ami... Vous auriez tort de détourner monsieur Maurice d'essayer de la chose !... C'est une superbe carrière !... Voilà vingt-deux ans que je la parcours en long et en large, et je peux dire que j'y ai eu de l'agrément !... Quinze ans soldat, cinq ans caporal, et depuis deux ans, sergent !... Honoré de mes chefs, chéri de mes inférieurs, je puis le dire !... Vous voyez qu'avec du courage et de la patience, les grad's arriv'nt imperceptiblement !... Il y en a qui vont un peu plus vite, témoin le grand Napoléon ; mais, généralement parlant, voilà l'ordre et la marche.

MAURICE.

Eh ! mon Dieu, je ferai mon chemin tout comme un autre...

CATHERINE, bas.

Tais-toi donc !...

AUSTERLITZ.

Pour du chemin, jeune homme... vous en ferez indubitablement !... Tel que vous me voyez... c'est à Asterlisse que je me suis fait remarquer !... aussi, caporal d'emblée... sur le champ de bataille !... Tous mes camarades voulaient m'embrasser... mais comme nous étions vingt-trois mille hommes de ce côté-là... ça aurait pris trop de temps !

COUPLETS.

AIR d'une contredanse du Châlet (Dans le service de l'Autriche).

C'était un' journé' triomphante !
Il f'sait une chaleur étouffante,
   Chacun sait ça !
Avec son p'tit air de conquête,
L'Emp'reur nous dit : — J' suis à votr' tête,
   N' bougez pas d' là.
Il s'agit donc de secouer les puces
Des Autrichiens, des Prussiens et des Russes ;
Et de ma main pour en avoir pris six,
Chacun soudain me surnomma le sergent Asterliz...
Et l'on disait en poussant de grands cris :
Voilà, voilà le sergent Asterliz,
Voilà, voilà le sergent Asterliz ! (bis.)
   De sa main il en a pris six,
   Honneur au sergent Asterliz !

DEUXIÈME COUPLET.

Je n' suis pas un soldat d'parade,
J'ai toujours bien porté mon grade,
   On peut voir ça.
Qu'est-c' qui dit mal du grand homme ?
   Qu'il s' montre donc, il verra comme
   L' briquet est là.
Puis je prenais à tout's nos cantinières
Un p'tit baiser et beaucoup de p'tits verres :
Car pour l'amour, la gloire et le cassis,
Personn', je crois, n' peut dégoter le sergent Asterliz...
A table, au feu, comme au sein de Cypris,
Voilà, voilà le sergent Asterliz.
Voilà, voilà le sergent Asterliz ! (bis.)
   Pour l'amour, la gloire et le cassis,
   Honneur au sergent Asterliz !

(Aux deux couplets ci-dessus on pourra substituer le suivant)

AIR : Le beau Lycas.

L' jour de c't'éclatante victoire,
L'Emp'reur n'avait pas mon pareil ;
Soldat fini, vous devez croire
Que je brillais comme un soleil ;
Et d'puis c'jour où nous s'couâmm's les puces
Des Autrichiens, des Prussiens et des Russes,
Les femmes poussant les hauts cris,
Dis'nt en m'montrant à leurs maris :
   Ce sergent qui file
     En serr'file,   } bis.
   C'était le soleil d'Austerliz.

CATHERINE.

Tout cela est très beau... mais quand on ne veut pas être soldat...

AUSTERLITZ, suivant les signes de Maurice.

Il y a mille moilliens de s'exempter... on se fait réformer...

CATHERINE.

Tiens!... au fait... nous n'y pensions pas...

LOUISE, au sergent.

Qu'est-ce qu'il faut pour se faire réformer?...

AUSTERLITZ.

Mon Dieu... au physique, que l'on jouisse de la moindre imperfection... et au moral... que l'on soit myope ou manchot !...*

MAURICE, près de Louise.

Eh! sans doute... nous allons causer avec le sergent, ça ne regarde pas les femmes; allez donc à vos affaires !... les chambres qui ne sont pas prêtes... le souper...

CATHERINE.

On y va, ne te fàche pas, Louise va m'aider. (Bas à Louise.) Au fait, s'il était réformé.

MAURICE.

AIR : Avançons avec prudence (de **Paul Clifford**.)

Ne causez pas davantage,
Mettez le temps à profit :
Nous avons beaucoup d'ouvrage,
Et v'là le jour qui finit.
(A Louise.)
Des rouliers trempe la soupe ,
(A Catherine.)
Fais donner l'avoine au ch'val.

AUSTERLITZ.

C'est ici comm' dans la troupe,
Vous êtes le général.

MAURICE.

Surveillez, et partout.

AUSTERLITZ.

La consigne avant tout.
Je vois que vos soldats,
Comme les miens vont au pas.

ENSEMBLE.

MAURICE.

Ne causez pas davantage , etc.

LOUISE, CATHERINE.

Ne causons pas davantage,
Mettons le temps à profit :
Nous avons beaucoup d'ouvrage,
Et v'là le jour qui finit.

AUSTERLITZ.

Ne causez pas davantage,
Mettez le temps à profit :
Vous avez beaucoup d'ouvrage,
Et v'là le jour qui finit.

(Les deux femmes sortent à gauche.)

ooooooooooooooooooooooooooooooooooooooooooooooooo

SCÈNE V.

AUSTERLITZ, MAURICE.

AUSTERLITZ, les regardant sortir.

Pauvres chérubins !... Ah ça ! maintenant que

* Austerlitz, Catherine, Louise, Maurice.

nous sommes seuls... j'ai rien dit... j'ai compris votre clignotement; mais je ne pense pas que veus vouliez tâter de la réforme, taillé comme vous êtes...

MAURICE.

Fi donc!... je ne suis pas un enfant !...

AUSTERLITZ.

C'est d'autant plus heureux, que dans les conscrits d'aujourd'hui... il y en a beaucoup!... mais vous m'avez l'air d'un luron , et je serai ostensiblement flatté de vous introduire au feu et à la gamelle!... Pour lors, voyez-vous, nous ne devions partir avec le détachement que dans deux jours!... mais l'ancien là-bas a besoin de son monde... il paraît que ça chauffe du côté du Kamchakka !

MAURICE.

On le dit !

AUSTERLITZ.

Et nous ne pouvons pas laisser les amis nous attendre en plein vent comme des abricotiers!... Il s'agit donc de presser le pas, de doubler les étapes et d'arriver incognito par un mouvement combiné... simultané... et , si le cœur vous en dit, nous prendrons notre sac et nos... jambes... et demi-tour à droite... pas accéléré!...

MAURICE.

Ah!... il faudrait partir sur-le-champ?

AUSTERLITZ.

Toute la jeunesse qui compose le détachement vient de se réunir, et a décidé à *l'inimitié* que l'on se mettrait en route à la pointe du jour...

MAURICE, tressaillant.

Cette nuit ?...

AUSTERLITZ.

A la fraîche ! c'est plus sain, dans c'te saison. Ainsi, mon jeune ami, dès que l'aurore aux doigts de roses aura ouvert les portes du Setentrion, nous filerons vers les régions du péreborée, comme disait un ancien militaire ..

MAURICE, avec effort.

Je serai prêt, sergent... il m'en coûte de quitter une sœur... dont j'étais le seul appui... une pauvre jeune fille qui n'a que moi au monde!... mais ce départ précipité m'évitera au moins de pénibles adieux!...

AUSTERLITZ.

Très bien!... voilà comme j'aime le soldat... *résolu* et *intempestif!*... Mon Dieu... je sais bien!... il n'y a rien de déchirant comme celui de quitter une amante!... Voyez-vous, jeune homme, je n'ai pas été dans ma vie sans avoir eu des liaisons charmantes, de véritables nœuds de fleurs... des guirlandes, quoi!... eh bien! jamais je ne faisais d'adieux... je ne m'étais pas mis sur ce pied-là ! je leur disais : Mes petites poules... quand vous ne me verrez pas revenir... c'est que je serai parti... Comme ça on s'évite bien des peines de cœur !...

MAURICE.

Ah ! si vous saviez !...

AUSTERLITZ.

Mon Dieu ! quel est l'homme doué d'une taille avantageuse et d'un peu de physique qui n'ait été chéri, idolâtré...

MAURICE.

N'importe... je saurai payer ma dette à mon pays !...

AUSTERLITZ.

Vous paierez tout ce qu'il faudra... je ne suis pas inquiète de vous... comme disait un ancien militaire !... (Revenant sur ses pas.) A propos, dites-moi... vous savez où nous allons !... vous ne feriez pas mal de mettre quelque chose de chaud... un gilet de flanelle, un bonnet de soie noire... la moindre chose, pour garantir les oreilles !

MAURICE.

Bah ! je ferai comme les autres !

AUSTERLITZ.

C'est qu'on dit que dans cette Russie il y a quelquefois des gelées blanches... il tombe du givre, des giboulées !...

MAURICE.

Eh bien ! nous soufflerons dans nos doigts...

AUSTERLITZ.

Ou nous battrons la semelle ! c'est dit... (lui donnant une poignée de main.) à la pointe du jour...

MAURICE.

Motus... que personne ici ne se doute...

AUSTERLITZ.

Soyez donc paisible !... je frapperai à cette fenêtre, *toc, toc !...* vous me répondrez : *hem ! hem !...* je dirai: *bon, bon !...* et nous filons... Mes civilités à ces dames... sans que ça ait l'air de venir de moi ! (Austerlitz sort.)

SCÈNE VI.

MAURICE, seul.

Il n'y a plus à reculer ! Pauvre sœur, pauvre Louise !... que vont-elles devenir ?... et si je ne reviens pas !... si je suis tué !... Ah ! voilà qui est horrible... et si je pouvais partir sans les revoir !

AIR : Il faudra quitter l'empire.

Si pour souffrir nous sommes sur la terre,
Moi, Dieu merci, j'ai de la fermeté !
Je pourrais voir arriver la misère,
Et la subir avec tranquillité !
La force vient avec l'adversité.
Je pourrais voir sans pâlir davantage
La mort paraître... et rester l'arme au bras !...
Mais une sœur... mais ma Louise, hélas !...
Les voir pleurer... voilà le seul courage
Qu'en ce moment je sens que je n'aurai pas !

Et dire que je n'ai plus que quelques heures !... la nuit est déjà avancée, et... ce sont elles !

SCÈNE VII.

LOUISE, CATHERINE, MAURICE.

LOUISE, à Catherine.

Puisque je l'ai entendu !..

CATHERINE, émue.

Ce n'est pas possible !... comment, mon frère... tu nous aurais trompées...

MAURICE, intrigué.

Moi ?

CATHERINE.

Ce que Louise vient de m'apprendre...

LOUISE, tremblante.

Oui, monsieur... j'étais à la petite fenêtre de la rue... quand votre vilain sergent s'est arrêté pour causer avec un autre conscrit : — C'est arrangé, qu'il lui a dit... Maurice ne passe pas à la réforme... il part avec nous !...

MAURICE, à part.

Oh ! l'imbécile !...

TOUTES DEUX.

Eh bien ?...

MAURICE, balbutiant.

Du tout... c'est-à-dire... il m'a proposé... je lui ai répondu que...

CATHERINE.

Tu mens !... tu es décidé à partir !

MAURICE, brusquement.

Eh bien ! .. après tout... si c'était...
(Les deux femmes se jettent dans les bras l'une de l'autre en pleurant.)

LOUISE et CATHERINE.

Oh ! mon Dieu ! c'est donc vrai !

MAURICE.

Ah !... nous y voilà... les cris, les jérémiades...

CATHERINE, avec une fermeté affectée.

Des cris... oh! mon Dieu, non ! à quoi bon ?... pourquoi faire ?... il veut nous quitter, nous abandonner... c'est tout naturel !... il veut se battre ! se faire tuer... ça l'amuse, ça lui plaît... on ne peut pas disputer des goûts !...

MAURICE.

Tu es une folle !... je ne te réponds pas.

CATHERINE.

Merci !... les frères sont aimables !...

MAURICE.

Il faut bien qu'ils aient de la tête pour vous !

CATHERINE.

Oui... je leur conseille de se vanter de leur tête !

MAURICE.

Mais dame !

CATHERINE.

Oh !...

LOUISE.

N'allez-vous pas vous quereller, à présent !

CATHERINE.

C'est que ça me met hors de moi ! (Frappant du pied.) Oh ! ces vilains hommes... je ne sais pas pourquoi on les aime... il n'y en a pas un qui le mérite!...

LOUISE, d'un air de reproche.

Catherine!...

CATHERINE.

Je ne m'en dédis pas... il n'y en a pas un!... ou il se cache si bien, qu'on ne peut pas le trouver!... Aussi Louise aurait bien tort de se morfondre d'attendre le retour d'un amoureux qui reviendra... quand ça lui plaira... à Pâques ou à la Trinité... Me v'là... me voulez-vous ?... ah! c'est heureux!... Est-ce qu'on peut passer sa vie comme ça dans le doute, et rester fille des éternités!... elle fera très bien de se marier... d'en prendre un autre... moi, d'abord, à sa place, je n'y manquerais pas... je me marierais plutôt dix fois qu'une!...

MAURICE, à lui-même, et remontant le théâtre.

Quelle patience!...

CATHERINE.

Oui, tu nous feras mourir de chagrin... va!...

MAURICE, revenant entre elles deux.

Ah! vous me faites bien du mal! toi surtout, Catherine... au lieu de me consoler!... Est-ce que je ne suis pas le plus malheureux ?... et parce qu'il faut que j'obéisse à la loi... à une nécessité que rien ne peut combattre, vous voulez mourir!... Et quand j'aurai gagné mes épaulettes et la croix comme les autres... que je reviendrai... je ne trouverai donc plus personne!... Et si je suis blessé... si j'ai un bras, une jambe de moins... qui est-ce qui me soignera, me soutiendra ?... il faudra donc à mon tour que je meure là... à cette porte... de regret et de douleur?...

CATHERINE, se jetant dans ses bras.

Oh! mon frère!.. mon frère!...

LOUISE, de même.

Maurice!

CATHERINE.

J'ai tort... je ne sais ce que je dis... pardonne... pardonne!... Mais tu ne peux pas partir, nous quitter... tu ne partiras pas.

LOUISE, pleurant.

Et comment ?...

CATHERINE.

Comment ?... comment ?... je n'en sais rien... mais au lieu de pleurer... (Pleurant aussi.) Voyons, Louise, veux-tu être raisonnable ?... Ecoutez... il faut aller nous jeter aux pieds du préfet, du général, du maire, du garde-champêtre!... n'importe qui... (à Maurice.) tu leur diras : Monseigneur... voyez-vous, je ne veux pas partir.. je ne veux pas me faire tuer... je suis un brave homme, moi... mais j'ai ma femme, ma sœur... qui veulent se jeter à la rivière, si je m'en vais... Battez-moi, mettez-moi en prison, mais que je ne parte pas... et *Vive l'Empereur!* A la bonne heure... voilà un brave homme, lui... qu'il aille se promener!... Voilà comme on parle quand on a de la tête et du cœur!

MAURICE.

Et que ferait le colonel ?

CATHERINE.

Air : J'ons un curé patriote.

Dam'! sensible à mon reproche,
Il me donn'rait mon congé;
Et quand j' l'aurais dans ma poche,
J' lui dirais : ben obligé!
Heureux de cette faveur,
Je crierais de tout mon cœur :
Viv' l'Empereur! v.v' l'Empereur!
Vivent ma femme et ma sœur ?
Viv' ma sœur,
Ma femme et l'Emp'reur!

MAURICE.

Mais il me demanderait un remplaçant!...

CATHERINE.

Un remplaçant!

LOUISE.

Oh! quelle idée! quelqu'un qui partirait à votre place... que je le bénirais!

CATHERINE.

Et moi donc!... que je l'aimerais!... Comment il ne se trouve pas un camarade... un ami assez bon.. je lui donnerais tout ce que je possède... mes bonnets... mes rubans... mes boucles d'oreilles... et cette croix d'or qui renferme des cheveux de mon pauvre père!...

MAURICE.

Enfant! tout cela ne vaut pas un homme!

CATHERINE, avec exaltation.

Eh bien... moi'.. moi!... je vaux bien un homme peut-être... je vaux mieux... je me donnerai s'il le faut!... je lui dirai : « Voyez! je suis gentille... un peu folle, un peu étourdie... mais un bon cœur... qui vous appartiendra si vous me conservez mon frère!... si vous nous sauvez tous!... Oui, je le jure sur cette croix, sur les cheveux de mon vieux père... si vous partez à la place de Maurice... à votre retour je serai votre femme... je vous aimerai... je n'aimerai que vous seul... et en vous dévouant ma vie, mes soins, mon amour... je ne croirai pas avoir assez payé un si grand sacrifice!

MAURICE, attendri.

Pauvre sœur!... tu ne songes pas... (Écoutant à droite où l'on entend du bruit.) Qu'est-ce que c'est?

LOUISE.

Quoi donc?

MAURICE.

J'ai cru entendre... Est-ce qu'il y a quelqu'un dans la grange ?

CATHERINE.

Ah! je l'avais oublié!... Ce pauvre diable en blouse, qui s'ennuie sans doute de ne pas souper!... J'avais promis de l'avertir!...

MAURICE.

Il est temps d'y penser!... à deux heures du matin!...

CATHERINE.

Est-ce que j'ai la tête à rien !... je suis sûre (S'essuyant les yeux.) que la gibelotte est toute brûlée.

(Elle ouvre la porte à droite.)*

Venez, venez, mon brave homme... (Regardant.) Eh bien ?

MAURICE.

Est-ce qu'il dort ?...

CATHERINE.

Personne !... il n'y est plus.

LOUISE.

Comment ?

CATHERINE.

Et la lucarne qui donne sur la ruelle est ouverte...

MAURICE.

Il s'est sauvé !...

CATHERINE.

Sans payer !...

LOUISE.

Si c'était un voleur !...

MAURICE, riant.

Il aurait été bien attrapé, il n'y a que de la paille et du foin. Il se sera lassé d'attendre et aura été chercher son souper ailleurs !... Faisons comme lui, dépêchons-nous de manger un morceau et d'aller nous reposer... (A part.) J'ai une peur que le sergent...

(Il regarde la fenêtre avec inquiétude.)

CATHERINE.

Oui, mais nous n'avons pas pris un parti.

MAURICE, d'un air dégagé.

Eh ! mon Dieu ! nous avons le temps d'y penser... Je ne pars que... dans huit jours.

LOUISE.

Dans huit jours !...

CATHERINE, avec joie.

Dans huit jours !... Il fallait donc le dire !... Nous trouverons mille moyens pour un...

MAURICE.

C'est bien, fais-nous souper.

CATHERINE.

Oui, oui, mon bon petit frère !... (Elle l'embrasse.) Mon bon Maurice !... Huit jours !... (Lui tapant sur la joue.) Oh ! que tu es gentil ! que je t'aime !... va... et toi aussi, ma bonne Louise !

(Elle lui saute au cou.)

LOUISE.

Ah ! Catherine !...

CATHERINE.

Etions-nous bêtes de nous désoler, de nous tourmenter les sens ! huit jours !... Il ne partira pas !

MAURICE, frappant du pied.

Le souper !...

CATHERINE.

J'y cours... je vais chercher la gibelotte !

(Elle sort.)

* Louise, Maurice, Catherine.

SCÈNE VIII.

MAURICE, LOUISE.

LOUISE.

Ah ! que je suis heureuse ! que je suis contente !... huit jours ! D'ici là...

MAURICE, à part.

Elle me fend le cœur, et je ne puis me résoudre... (Haut.) Ecoute, ma bonne Louise.

LOUISE, remarquant son trouble.

Qu'avez-vous donc ?

MAURICE.

Catherine est une enfant ; mais toi, tu as plus de caractère, plus de courage.

LOUISE, avec crainte.

Mon Dieu ! non... je n'en ai pas, je n'en ai pas du tout ; je vous en préviens...

MAURICE.

Si fait !... d'ailleurs, je te regarde déjà comme ma femme ; et c'est à toi seule que je puis donner mes dernières instructions...

LOUISE, tremblante.

Mon Dieu ! mais c'est comme un testament... tu me fais peur ! ce que tu viens de dire à Catherine...

MAURICE, baissant la voix.

Ça n'est pas vrai, je pars cette nuit... à la pointe du jour...

LOUISE.

Cette nuit !...

MAURICE.

Silence !... si Catherine nous entendait !... Il a fallu la tromper... elle aurait fait quelque folie... Mais toi... toi, ma bonne Louise... est-ce que je pouvais partir sans te serrer sur mon cœur ?... sans te dire combien je t'aime, et ce que j'attends de ton amour ?...

LOUISE, accablée.

Oh ! mon Dieu, mon Dieu !...

MAURICE, la soutenant.

Allons, un peu de fermeté ! dès qu'un malheur est inévitable... Ecoute... quand je n'y serai plus... tu consoleras Catherine...

LOUISE.

Et moi... qui me consolera ?...

MAURICE.

Vous irez habiter ensemble cette petite ferme que j'avais louée... vous la ferez valoir... Gervais, le valet de charrue que j'avais arrêté, vous guidera... c'est un honnête garçon... vous pouvez vous fier à lui... et puis... je reviendrai... je reviendrai bientôt... j'en suis sûr... je te le promets !... Chut ! c'est Catherine !

LOUISE, à part.

Ah ! je me soutiens à peine !

SCÈNE IX.

Les Mêmes ; CATHERINE, apportant un plat qu'elle pose sur la table.

CATHERINE.

Allons, allons... à table ! Louise, aide-moi donc !

MAURICE, allant prendre la table et l'approchant.

Attends !

CATHERINE.

Et des chaises !...

MAURICE.

Voilà !

CATHERINE.

Tu vas te mettre entre nous deux... là... Viens donc, Louise.

LOUISE, tristement et s'asseyant.

Oh ! je n'ai pas faim !

CATHERINE, gaîment et assise.

Qu'est-ce que ça fait ?... on mange toujours quand on est heureux... Tout en retournant la gibelotte, j'ai trouvé un moyen excellent !

MAURICE, affectant de la gaîté.

Oui dà !

LOUISE, vivement.

Quel est-il ?

CATHERINE, d'un air triomphant.

Ah ! c'est mon secret !... c'est immanquable... Vous verrez, il ne faut que trois jours.

LOUISE, soupirant.

Trois jours !...

CATHERINE, lui versant à boire.

Bois donc, Louise !

LOUISE.

Je n'ai pas soif.

CATHERINE, l'imitant.

Ah ! je n'ai pas faim... je n'ai pas soif... Fait-elle la mijaurée, parce qu'elle est contente à présent qu'elle ne craint plus rien !

(On entend frapper à la porte.)

AUSTERLITZ, en dehors.

Toc ! toc !

CATHERINE, se retournant.

Hein ?

AUSTERLITZ, en dehors.

Bon ! bon !

CATHERINE.

Qui frappe ?

LOUISE, à part.

Ah ! mon Dieu !... serait-ce...

MAURICE, à part.

C'est le sergent ! (Haut et se levant.) Ce n'est rien... je vais voir... (A lui-même.) Si je pouvais m'esquiver...

LOUISE.

O mon Dieu !

CATHERINE.

Qu'as-tu donc, Louise ?... tu pâlis !

LOUISE, avec explosion.

Ne le laisse pas sortir !

CATHERINE.

Comment ?

CATHERINE.

LOUISE.

Il nous a trompées... on vient le chercher... il part à l'instant !

CATHERINE, avec un cri.

Lui !

MAURICE, allant ouvrir.

Calmez-vous.

CATHERINE, furieuse.

Ça ne se peut pas !... non, jamais !... Qu'ils viennent... qu'ils viennent le chercher !... Je me moque du sergent, du préfet, de tout le monde, et même des gendarmes !

(Elles s'emparent toutes deux de Maurice, qu'elles semblent vouloir défendre. La porte s'ouvre.)

SCÈNE X.

AUSTERLITZ, CATHERINE, MAURICE, LOUISE.

AUSTERLITZ, le sac sur le dos et le fusil sous le bras.

Salut la société !... Mes belles demoiselles, souffrez que je me réincline... (A Maurice.) Ah ça ! jeune et beau guerrier, voilà le jour... et...

CATHERINE.

C'est bon !... on n'a pas besoin de vous ici... Tournez-moi les talons... et plus vite que ça !

MAURICE et LOUISE.

Catherine !

AUSTERLITZ, souriant à Catherine.

C'est bien ce que nous allons faire, mon officier... résolument et du pied gauche... comme disait un ancien militaire ! mais avant de nous embarquer dans ce charmant pèlerinage, voici une petite feuille de route que je prie l'ami Maurice... (Il lui tend un papier.)

CATHERINE, voulant se jeter dessus.

Je vais la déchirer, votre feuille de route...

AUSTERLITZ, l'arrêtant et donnant le papier à Maurice.

Sac à papier !... Minute !... pas de bêtise, la petite mère !... Vous en seriez bien fâchée... c'est son congé...

TOUS.

Son congé !...

CATHERINE.

Qu'est-ce que vous dites ?

LOUISE.

Il serait possible !

MAURICE, qui a parcouru le papier.

Oui, vraiment.. mon congé ! ma libération !... Je ne pars plus ! Qu'est-ce que cela signifie ?...

AUSTERLITZ.

Ça signifie que vous pouvez rester dans vos foyers respectives !...

CATHERINE, hors d'elle.

Mon frère !...

LOUISE, de même.

Maurice !...

CATHERINE.

Ah ! j'en deviendrai folle de joie !... Comment, monsieur le sergent, ce papier !... (Elle le couvre de baisers.) Et c'est vous qui nous l'apportez ! Oh ! que vous êtes bon ! que vous êtes beau !...

AUSTERLITZ, souriant.

Elle est connaisseuse !...

CATHERINE, lui sautant au cou.

Il faut que je vous embrasse...

AUSTERLITZ.

Ne vous gênez pas... pour peu que ça vous fasse plaisir...

LOUISE, lui sautant au cou de l'autre côté.

Et moi aussi !...

AUSTERLITZ.

Allez... allez... on reçoit à bureau ouvert ! Cré nom d'un petit bonhomme ! si les Cosaques avaient ces manières-là !...

MAURICE.

Eh ! vite, Catherine... du vin !... Le sergent boira bien un coup avec nous.

AUSTERLITZ.

Deux même... si la chose se présente... Le conscrit n'est jamais remplacé pour payer à l'ancien.

CATHERINE.

J'y cours...

MAURICE.

Et du meilleur, au moins !...

AUSTERLITZ.

AIR : Adieu, je vous fuis, bois charmant.

Du meilleur, c'est un mot charmant ;
V'là comm' j'aim' qu'on parle, mon brave.

CATHERINE, en sortant.

Pour moi, j'ai le cœur si content,
Que j'vais vous monter tout' la cave !

AUSTERLITZ.

Très bien ! nous boirons tous les deux.
J'ai pris part à votre tristesse ;
Mais à présent qu'vous êt's heureux,
Je veux partager votre ivresse !

(Il se met à table avec Maurice, et mange pendant presque toute la scène.)

(Souriant.) Ce n'est pas de moi cette idée-là... c'est d'un ancien militaire !....

MAURICE, à Louise.

Mais, en vérité, je n'ose y croire... Ça me paraît un songe, une vision... Ma Louise, je ne te quitterais plus...

AUSTERLITZ.*

Et vous n'en serez pas fâché, malgré votre humeur belliqueuse... On ne se sépare pas comme ça d'un joli petit camarade de... (Louise baisse les yeux.) Ne craignez rien, jeune fille... le Français est malin et léger... mais plein de convenances.

(Catherine revient et pose deux bouteilles sur la table.)

MAURICE, versant à boire.

Mais expliquez-nous donc comment ce congé... car je n'y comprends rien encore !...

* Austerlitz à table, Maurice, et Louise près de Maurice.

AUSTERLITZ.

C'est juste ! j'oubliais la moitié de la consigne...

MAURICE, choquant son verre.

A votre santé !...

AUSTERLITZ.

A la vôtre ! sans oublier ces dames ! (Tirant un papier de sa poche.) Vous n'êtes pas sans savoir que vous avez une sœur... mamselle Catherine Pilois.

CATHERINE, saluant en militaire.

Présente !

AUSTERLITZ.

Très bien ! le corps en avant, la main droite au bonnet ! J'aime la folie dans une femme !... Pour lors, caporal... voilà le mot d'ordre...

(Il lui présente une lettre.)

CATHERINE, prenant la lettre et l'ouvrant.

Une lettre !... pour moi ?...

AUSTERLITZ.

Personnellement...

CATHERINE, de même.

Eh bien ! je n'en ai jamais reçu !

MAURICE, pendant qu'elle lit.

Qui est-ce qui peut lui écrire ? et qui vous a remis cette lettre, sergent ?

AUSTERLITZ.

Un individu qui m'est parfaitement inconnu !...

MAURICE.

Et c'est pour ma sœur ?... (Voyant qu'elle fait un mouvement.) Eh bien ! Catherine... Catherine, qu'as-tu donc ?

CATHERINE, un peu émue.

Moi ? rien... rien... Ah bien ! c'est drôle !... Dame ! après tout, je l'ai dit ! il a raison ! ça m'est bien égal !

MAURICE, vivement.

Oui, mais ça ne me l'est pas, à moi !... et je veux savoir...   (Il saisit la lettre.)

AUSTERLITZ, buvant.

C'est juste ! un frère est un ami... comme disait un ancien... Non, c' n'était pas un militaire, celui-là... c'était un écrivain public !

LOUISE, se pressant près de Maurice.

Quelle est donc cette lettre ?

MAURICE, lisant.

« Mamselle,

» Vous ne me connaissez pas... mais moi, je
» vous ai vue tout à l'heure .. tandis que vous
» vous désoliez du départ de votre frère ! car j'é-
» tais là... près de vous... »

LOUISE, montrant la porte à droite.

Comment ! c'était ce voyageur...

CATHERINE.

Il nous écoutait !...

MAURICE.

Par exemple ! (Continuant.) « Je pars sans con-
» dition .. je remplace votre frère !... vous avez
» besoin de lui et personne n'a besoin de moi !...
» car je suis sans famille, sans amis !... mais je
» suis bon... et je vous aime depuis que je vous

» ai vue pleurer !... Si vous avez pitié de moi,
» donnez au sergent, qui me la remettra', votre
» croix d'or qui contient, dites-vous, des cheveux de
» votre père... et sur laquelle vous avez juré... et
» puis vous m'attendrez deux ans... et si je ne suis
» pas tué, je vous la rapporterai moi-même !... »

AUSTERLITZ.

Au fait... s'il était tué... on ne pourrait exiger
de lui...

MAURICE, continuant.

« Adieu, mamselle !... vous souviendrez-vous
» que vous avez fait un serment sur cette croix ?...»
(A lui-même.) Et pas de nom !... pas de signa-
ture !...

LOUISE.

Oh ! c'est égal... quel brave homme !

MAURICE, au sergent.

Et vous ne savez pas qui c'est ?

AUSTERLITZ.

Du tout !...

MAURICE, à Catherine.

Et tu ne l'as pas entrevu !...

CATHERINE.

Pas le moins du monde.

MAURICE.

C'est inconcevable !... un inconnu qui abuse
d'un mot jeté au hasard... et qui ose réclamer...

CATHERINE.

Eh bien ! je ne m'en dédis pas !... les honnêtes
gens n'ont qu'une parole... n'est-ce pas, sergent ?

AIR du vaudeville du Premier Prix.

J'n'ai pour tout bien dans ma personne,
Qu'un bon cœur et quelques attraits ;
Pour te sauver, moi, je les donne !
Si j'avais plus... je l'offrirais !

AUSTERLITZ.

Que voulez-vous que l'on réponde
A ce que votre sœur dit là ?
La plus belle fille du monde,
Ne peut donner que ce qu'elle a !

C'est pas d' moi non plus c't' idée-là... c'est d'un
ancien militaire.

MAURICE, avec fermeté.

Oui... mais moi... je ne dois pas accepter un
pareil dévoûment !... Au diable ce congé !... je
pars avec vous, sergent.

CATHERINE.

Comment ?...

LOUISE, effrayée.

Qu'est-ce qui lui prend à présent !...

MAURICE.

J'y vois clair... et son trouble !... Pauvre sœur !...
t'obliger à un pareil sacrifice... ne devoir ma liberté, mon bonheur, qu'à un marché qui ferait
ma honte et ton désespoir !... Non... je pars... je
ne veux plus d'un semblable remplaçant...

CATHERINE, l'arrêtant et vivement.

Et si j'en veux, moi s'il me plait !...

MAURICE.

Sans le connaître !

CATHERINE.

C'est peut-être pour cela !... c'est si bizarre...
si singulier !... mon Dieu... les femmes... il n'en
faut pas davantage !... Et puis, ce qu'il fait là ..
c'est bien... c'est d'un honnête homme...

LOUISE, appuyant.

D'un très honnête homme !

CATHERINE.

Et puis... il est seul au monde... il est malheureux... qui sait ? j'ai peut-être envie de l'aimer...
je l'aime peut-être déjà...

MAURICE.

Toi !...

CATHERINE.

Si tu dis un mot, je vais en être folle !... (Après
un silence et regardant le sergent de côté.) Seulement... je voudrais savoir... ce n'est pas que j'y
tienne au moins ! ah ! mon Dieu, c'est des bêtises...
il serait... laid, très laid... pourvu que les qua-
lités du cœur s'y trouvent ! (A part.) Quoique
ça... ça serait désagréable !... (S'approchant du
sergent et patelinant.) Dites donc, sergent. *

AUSTERLITZ.

Hem !...

CATHERINE.

Vous l'avez vu ?...

AUSTERLITZ.

Hum !... c'est-à-dire...

CATHERINE.

Il est jeune ?...

AUSTERLITZ.

Dame !... puisque c'est un conscrit...

CATHERINE.

C'est clair ! et les jeunes gens sont toujours... Il
est bien, n'est-ce pas ?

AUSTERLITZ.

Pouth !...

CATHERINE.

Blond ou brun ?...

AUSTERLITZ.

Mais...

CATHERINE.

Ça m'est égal... Je n'ai pas de préférence...

AUSTERLITZ.

La vérité est qu'il faisait nuit... et la nuit tous
les chats...

CATHERINE, vivement.

Enfin... il n'est ni bossu ni boiteux ?

AUSTERLITZ.

Boiteux !... c'te farce !... est-ce que l'armée
française se recrute sur ce pied-là !...

CATHERINE, détachant sa croix et d'une voix très
émue.

Eh bien !... portez-lui ma croix avec ma promesse !... dites-lui que dès ce moment... je lui appartiens.... je suis sa femme... je ne serai jamais
à un autre !... que je ne passerai pas un jour sans
prier Dieu de me le conserver !... et puis, ne le

* Austerlitz, Catherine, Maurice, Louise.

quittez plus, sergent... tâchez de revenir avec lui!
pour me dire : le voilà, c'est bien lui... il est digne
de vous... Il avait commencé en brave homme...
il a continué en brave soldat!...

AUSTERLITZ, ému.

Saperlotte!...

MAURICE.

Je ne souffrirai pas...

CATHERINE, avec fierté.

Je suis fiancée aussi, moi!... et mon gage est
entre les mains d'un soldat de la garde!...

LOUISE et MAURICE.

Catherine!...

CATHERINE, fondant en larmes et se jetant dans leurs
bras.

Mon bon frère!...

AUSTERLITZ, s'essuyant les yeux.

Mille tonnerres!... ça ne m'était pas arrivé...
depuis les Pyramides, quand j'ai eu mon sabre
d'honneur... Diable de petite femme!... on se
ferait tuer pour elle... rien que pour l'épouser
après !...

(On entend un roulement de tambour dans l'éloigne-
ment.)

TOUS.

Qu'entends-je !

AUSTERLITZ.

Le signal du départ... Nous allons nous mettre
en route...

CATHERINE.

O ciel !... il va partir...

MAURICE, faisant un pas.

Lui !...

LOUISE, le retenant.

Maurice, restez là.

CATHERINE.

Et je ne l'aurai pas vu, je ne le connaîtrai pas...
(Au sergent, à mi-voix et en souriant.) Je voudrais
bien savoir, pourtant...

AUSTERLITZ.

S'il est joli garçon ?...

CATHERINE.

Non... mais enfin... le v'là presque mon mari.

AUSTERLITZ.

Au fait, il serait temps de vous ménager une
entrevue, pour que, si vous vous rencontrez un
jour par hasard, vous puissiez dire : « Tiens, c'est
mon époux !...» (Baissant la voix.) Écoutez... on ne
peut pas quitter les rangs... mais ils vont passer
là-haut... (Il montre la montagne du fond.) Restez-
là... ne bougez pas... et regardez bien ; je vais
m'arranger pour qu'il soit le quatrième.

CATHERINE.

Comment !...

AUSTERLITZ.

Chut !...

CATHERINE.

Ah !... je le verrai...

(Le tambour reprend et accompagne le finale suivant.)

FINALE.

AIR : Des chevaliers de ma Patrie (ROBERT-LE-DIABLE).

AUSTERLITZ.

Écoutez l'écho qui résonne,
Et répète ces cris joyeux !

TOUS.

Il $\stackrel{\text{faut}}{\text{va}}$ partir, quitter ces lieux,

Le tambour bat ! le clairon sonne !

MAURICE, avec effort.

Un autre, hélas! prendra ma place !
Un autre, hélas ! va combattre pour moi !...

LOUISE, le retenant.

Cher Maurice... reste, de grâce...
Ou je succombe à mon effroi !

ENSEMBLE.

AUSTERLITZ, CATHERINE, LOUISE, MAURICE.

AUSTERLITZ, CATHERINE et LOUISE.

Il va venir, il va paraître...

$\stackrel{\text{Son}}{\text{Mon}}$ cœur bat d'espoir, de frayeur !

Et $\stackrel{\text{ses}}{\text{mes}}$ yeux pourront reconnaître

Celui qui $\stackrel{\text{fera son}}{\text{fait notre}}$ bonheur.

MAURICE.

Il va venir, il va paraître...
Et je n'ose, dans ma frayeur,
Lever mes regards et connaître
Celui qui m'a rendu l'honneur !

(Le tambour se rapproche, Austerlitz leur serre la
main et s'éloigne en faisant des signes à Catherine.
La porte et les fenêtres du fond restent ouvertes.)

MAURICE, CATHERINE et LOUISE, écoutant.

Lorsque la gloire les appelle,
A cette voix immortelle...
Ils vont tous doubler le pas.

CHŒUR, qui s'approche.

Oui, marchons, doublons le pas !
Marchons, marchons, jeunes soldats ;
On nous attend, doublons le pas !

SCÈNE XI.

LES MÊMES, AUSTERLITZ, à la tête du détachement de conscrits, JEUNES PAYSANS qui parais-
sent précédés d'un tambour et défilent sur la montagne du fond.

(La musique continue piano, pendant que l'on parle
ce qui suit.)

MAURICE.

Ils approchent...

CATHERINE

Les voici !

MAURICE.

Et je ne puis lui serrer la main !...

LOUISE.

Le bénir !...

CATHERINE, avec joie.

Chut ! nous allons le voir... il est le quatrième.

MAURICE et LOUISE.

Le quatrième !...

CATHERINE.

Attendez !... (Elle les compte pendant qu'ils passent.) Un, deux, trois, quatre !... Le voilà !... Ah! mon Dieu ! ce chapeau nous dérobe ses traits... Impossible de distinguer !... Il s'arrête; il tient ma croix à la main, il me la montre en détournant la tête ; c'est lui !... ô mon Dieu, je ne le verrai pas !...

(Elle veut s'élancer, la force lui manque; elle s'appuie contre la fenêtre, soutenue par son frère et Louise.)

MAURICE et LOUISE.

Catherine !...

CATHERINE, presqu'à genoux et les bras étendus vers l'inconnu.

Adieu !... adieu !...

CHOEUR, reprenant en s'éloignant.

Marchons, marchons, jeunes soldats ;
On nous attend, doublons le pas !
(Ils disparaissent. — La toile tombe.)

ACTE DEUXIEME.

Le théâtre représente la cour intérieure d'une jolie ferme, dont l'habitation principale est à gauche. — Au fond, une rivière, un moulin : à droite, un petit pavillon dépendant de la ferme.

SCÈNE I.

LOUISE ; HUBERT, charretier; FILLES et GARÇONS DE FERME.

(Au lever du rideau, Louise est assise à une petite table à droite : elle inscrit sur un registre l'argent qu'elle reçoit.)

CHOEUR.

AIR : Finale du premier acte (ESPIONNE RUSSE).

De la vill' nous v'là tous revenus!...
Notre crème et nos œufs sont vendus.
A la ferm' nous rapportons gaîment
    D' l'appétit et de l'argent
        Comptant !
UNE FILLE, donnant de l'argent à Louise.
    Tenez, voilà le prix
    D'mes douze paniers d'fruits...
UN GARÇON, de même.
V'là l' montant d' ma charette de paille.
HUBERT.
    Moi, pour faire une ripaille,
    D'argent ayant besoin,
J'ai maugé pour quarant' sous de foin !
CHOEUR.
De la vill' nous v'là tous revenus, etc.

LOUISE, se levant et donnant son registre à une fille qui le rentre.

C'est bien, mes enfans ! je ferai votre compte plus tard.

HUBERT.

Oh! nous ne sommes pas inquiets, la bourgeoise.

LOUISE, souriant.

Je crois bien, père Philippe ! avec votre tendresse pour le cabaret, vous êtes toujours en avance, vous ! (Aux autres.) Eh bien ! mes amis, que dit-on à Plavignier? L'Empereur, l'armée... que deviennent-ils?

HUBERT.

Ma fine ! depuis que les courriers sont interceptés par les alliés, il y en a qui soutiennent que l'enn'mi est entré dans Paris.

LOUISE.

Que Dieu nous en préserve !

HUBERT.

Laissez donc ! comme je leur dis, est-ce que notre bourgeois, M. Maurice, n'est pas par là ?

LOUISE, soupirant.

Malheureusement !

HUBERT.

Est-ce qu'à la première nouvelle de l'extravasion étrangère, on a pu le retenir... quoiqu'il avait fourni un remplaçant dans les temps ? Est-ce qu'il n'a pas planté là sa sœur, sa jolie petite femme qu'était au moment de lui donner un héritier, pour aller faire le coup de fusil dans la jeune garde ?

LOUISE, regardant du côté de la maison.

Pauvre enfant, qui est venu en son absence !

HUBERT.

Et qui pousse comme un champignon... Est-ce que tous ces braves gens-là laisseraient entrer dans Paris ces vermines... qui désolent la France et boivent tout not' vin ! Voilà ce qui est affreux, par exemple !... Ils boivent ! ils boivent ! il paraît que dans ces pays-là, c'est des éponges !... Et comme ça, la bourgeoise, vous n'avez pas de nouvelles de votre homme?

LOUISE.

Aucune... depuis trois mois !... On assure cependant que les communications sont rétablies, et...

CATHERINE, en dehors.

Louise !... Louise!...

LOUISE.

C'est Catherine, qui va tous les matins à la poste !

HUBERT.

Elle tient un papier en l'air.

CATHERINE, en dehors.

Une lettre.

LOUISE.

Une lettre!

○○

SCÈNE II.

LOUISE, CATHERINE, tout essoufflée, HU-
BERT.

CATHERINE.

C'est de lui!

LOUISE, courant à elle.

De Maurice?

CATHERINE.

J'ai reconnu l'écriture !

LOUISE.

Donne vite!

CATHERINE, la retenant.

Un moment! pour ma peine, je la lirai moi-
même.

LOUISE.

Dépêche-toi donc.

CATHERINE, respirant.

Ah ! une minute !... j'ai tant couru... oh! la
rate! (Aux valets et filles de ferme.) Écoutez tous.

HUBERT.

Silence, mesmselles!

(Ils sont tous groupés autour des deux femmes.)

CATHERINE, lisant.

« Fontainebleau... du 11 avril... » (S'interrompant.) Allons, elle n'a que trois semaines de date
celle-là ! Comme ça marche depuis que les alliés se
mêlent de nos affaires!... (Lisant.) « Chère Louise,
» chère sœur, tout est fini!... le nombre, la tra-
» hison l'ont emporté! L'Empereur abdique; il
» part pour l'île d'Elbe. »

TOUS, avec une expression douloureuse.

Ah! mon Dieu !

HUBERT.

Nous n'avons plus d'Empereur!... eh bien! qui
est-ce qui va nous gouverner ?

CATHERINE.

Oh! il ne manquera pas de gens de bonne vo-
lonté ! (En soupirant.) « Il part pour l'île d'Elbe...
» et nous, qui ne pouvons le suivre, nous allons
» rentrer chacun chez nous... »

LOUISE, avec joie.

Il revient !...

CATHERINE, lisant.

« Je me mets en route ce soir même !...

LOUISE.

Il y a vingt jours qu'il est parti !... il devrait
être arrivé ?

CATHERINE.

Attends donc !... (Continuant.) «Nous irons un
» peu lentement, rapport à mon pauvre lieutenant

» qui est encore faible de sa dernière blessure...
» et qui va à quelques lieues plus loin... c'est un
» brave et digne homme qui, pendant cette courte
» campagne, m'avait pris en amitié, et m'a rendu
» plus d'un service. Je voudrais bien le retenir
» quelque temps parmi nous ; mais c'est un ca-
» ractère si singulier .. si sauvage !... Il fuit le
» monde, ne dit jamais rien et allonge des coups
» de sabre à faire trembler !... (S'interrompant et
avec ironie.) Ça doit être une société bien aimable!
(Continuant.) « Je pense qu'il a quelque chagrin! ..
» je compte sur Catherine pour l'égayer.. »
(S'interrompant.) Ça ne sera pas facile !... un vieux
bougon!...(Lisant.) « Nous prendrons la diligence
» de Quimper... qui arrête à la Croix-Verte...
» Envoyez quelqu'un prendre nos bagages...
» J'espère bien vous embrasser le 3, au ma-
» tin!... »

LOUISE.

Le 3 !... c'est aujourd'hui !...

CATHERINE, achevant très vite.

« Adieu !... je vous serre toutes deux sur mon
» cœur !... Un baiser à mon mioche!...

« MAURICE, chasseur de l'ex-garde !... »

LOUISE.

Il est peut-être arrivé !...

CATHERINE, rendant la lettre à Louise.

Il faut vite envoyer...

LOUISE.

Père Philippe!...

HUBERT.

J'y cours, la bourgeoise!... ce bon M. Maurice...

LOUISE, aux filles et aux valets de ferme.

Vous, mes amis... préparez les chambres... faites
les lits... du linge blanc... bon feu partout !...
Allez vite!...

CHŒUR.

AIR : Ah! quel jour heureux! (Paul Gasporni.)

Pour nous quel beau jour !
Le v'là de retour !...
Quell' joie !
Le ciel nous l'renvoie!
Le v'là de retour :
Il faut en ce jour,
Célébrer son retour !...

HUBERT.

C'moment si doux... m'touch' déjà !...
Car j'en suis sûr... on boira !...

TOUS.

Pour nous quel beau jour! etc.

(Ils sortent de différens côtés.)

○○

SCÈNE III.

LOUISE, CATHERINE.

LOUISE, tenant la lettre et la relisant avec agitation.

Et ne pouvoir courir !... il faut que nous res-
tions auprès du petit...

CATHERINE.

Pardine !... il faut lui donner sa bouillie... et le débarbouiller, ce grand garçon, pour qu'il embrasse son papa !... (Avec un peu d'humeur.) Pourquoi mon frère nous amène-t-il donc son lieutenant ?... Ça va nous gêner... Un étranger... un vieux grognon à moustaches grises... je le vois d'ici !...

LOUISE, qui a continué à parcourir la lettre.

Eh bien ! étourdie que tu es !.. tu as joliment lu !... il y a encore quelque chose...

CATHERINE.

Un *post-scripton* ?...

LOUISE.

Qui t'intéresse...

CATHERINE.

Bah !...

LOUISE, lisant.

Écoute... « Je me suis informé partout de ce » pauvre diable qui m'avait remplacé, et du ser- » gent Austerlitz qui seul pouvait me le faire » connaître... Je n'ai plus d'espoir ! il paraît que » leur régiment a été écharpé, et que depuis le » passage de la Bérésina... il n'en reste aucune » trace... »

CATHERINE.

O ciel !... il serait mort !...

LOUISE, de même.

Et nous n'en parlions presque jamais !... lui à qui nous devions tant !...

CATHERINE.

Oh ! oui, vous n'aviez pas le temps... vous étiez heureux, vous ! mais moi, je ne passais pas un jour sans y penser !...

AIR : Je sais arranger des rubans.

Il a reçu mes sermens et ma foi,
De l'oublier mon cœur n'est pas le maître ;
Oui, chaque jour, j'y pensais malgré moi...
    Et je l'aimais sans le connaître !...
    Sitôt que le jour avait fui,
    Au ciel j'adressais ma prière...
Et je disais : mon Dieu, veillez sur lui !
    Il tient la place de mon frère...

Et il serait mort !

LOUISE.

Au fait, il ne nous a jamais donné de ses nouvelles !... et les deux ans sont expirés.

CATHERINE, tristement.

Et je ne l'aurai pas vu !... et ma mémoire ne pourra jamais me rappeler ses traits !...

LOUISE.

C'est peut-être heureux pour toi ! s'il avait été joli garçon... tu l'aurais trop regretté...

CATHERINE.

Oh ! ça n'empêchera pas ! car, vois-tu, ça m'était bien égal... ça ne me faisait rien... mais je me doutais bien qu'il n'était pas très bien...

LOUISE.

Bah !

CATHERINE.

Oui, le soin avec lequel il s'est caché le jour de son départ... Quand on a une figure bonne à montrer, on ne la cache pas ! demande plutôt !...

LOUISE.

Tu crois ?

CATHERINE.

Mais c'est égal... je lui resterai fidèle !

LOUISE.

Bah ! il viendra quelque beau garçon... qui te fera les doux yeux, et...

CATHERINE.

Du tout ; je ne peux pas me persuader d'ailleurs qu'il soit mort !... Il y en a tant de prisonniers... il arrivera un beau matin... tu verras... j'en ai le pressentiment !

LOUISE, avec ironie.

Oh ! tes pressentimens !... tu croyais aussi que ton frère amènerait un bon numéro...

CATHERINE.

Eh bien !... il n'est pas parti... il n'a pas été tué... et la preuve... (Prêtant l'oreille.) la preuve, c'est que je l'entends, le voilà... c'est lui !...

LOUISE.

Maurice !

CATHERINE.

Comme il court !

MAURICE, accourant.

Louise ! Catherine !

LOUISE et CATHERINE.

Mon ami !

(Elles se jettent dans ses bras au moment où il paraît.)

SCÈNE IV.

LES MÊMES, MAURICE, CHARLES BOUDET, tous deux en tenue de voyage et n'ayant conservé que quelques signes du costume militaire ; HUBERT, VALETS et FILLES DE FERME, portant les valises, sabres et équipemens, que l'on entre ensuite dans le pavillon.

CHŒUR.

AIR : Le bon tour, la bonne folie ! (Être aimé ou mourir.)

ENSEMBLE.

MAURICE, LOUISE, CATHERINE, CHARLES et LES PAYSANS.

MAURICE, LOUISE, CATHERINE.

Quel bonheur ! quelle douce ivresse !
Après de périlleux combats,
Sur mon cœur enfin je vous presse !
Désormais ne nous quittons pas.

CHARLES et LES PAYSANS.

Quel bonheur ! quelle douce ivresse !
Après de si nombreux combats,
Revoir l'objet de sa tendresse,
Et le presser entre ses bras !

LOUISE, à Maurice.
Nous avons bien pleuré, mais notre douleur cesse.

CATHERINE.
Oui, tu n'es pas blessé ;
Mon chagrin est passé.

MAURICE, leur présentant Charles.
Voici mon lieutenant, un brave, mes amis...

CHARLES.
On l'est toujours pour servir son pays.

MAURICE, à Louise.
Reçois-le bien, Louise ; il mérite qu'on l'aime.

LOUISE.
Puisqu'il est ton ami, nous l'aimerons de même.

MAURICE.
Je vous revois, je vous embrasse tous :
Après d' si grands chagrins que ces momens sont doux !

TOUS.
Allons, plus de douleur !
Sa présence,
D'avance,
Vient rendre à chaque cœur
Le calme et le bonheur. *

MAURICE, ému.
Ma sœur... ma bonne Louise !... et mon bam-
bin... que je ne connais pas... Où est il donc ?

LOUISE.
Il dort.

MAURICE, en riant.
C'est comme ça qu'il reçoit son père ! c'est égal,
je vais l'embrasser.

CATHERINE.
Et sa toilette qui n'est pas faite !...

MAURICE.
Le grand malheur !... (A Charles.) Vous per-
mettrez... mon lieutenant... je reviens tout de
suite.
(Il entraîne Louise et disparaît un moment avec elle.)

CATHERINE, au moment de les suivre et regardant
Charles.
Son lieutenant ! un jeune homme !... Tiens !
moi qui attendais de vieilles moustaches !...

HUBERT, bas aux autres, qui regardent Charles avec
respect.
Un lieutenant de la garde !... hum ! fameux
héros ça !... Ils ont vu le Saint-Bernard.

UN AUTRE, montrant Charles.
Mais à peine s'il était né, lui !...

HUBERT.
Ça n' fait rien, ils y allaient tout de même !...
. enthousiasme !... (A Charles.) Asseyez-vous donc,
mon général.

CHARLES, froidement.
Merci...

CATHERINE, s'approchant.
Monsieur le lieutenant doit être fatigué ?
(Charles lève les yeux, la regarde un moment avec at-
tention, sans lui répondre.)

* Louise, Catherine, Maurice, Charles.

CHARLES, après un silence, et soupirant.
Un peu...

CATHERINE.
Cela nous fait espérer qu'il restera quelque
temps avec nous ?...

CHARLES.
Oh ! non...

CATHERINE.
Vous voudriez déjà nous quitter ?...

CHARLES, de même.
Oui...

CATHERINE, après un silence, et le regardant.
Si on l'accuse d'être bavard, celui-là... on sera
bien injuste !...

MAURICE, revenant avec Louise.
C'est tout mon portrait ; s'il avait mon shako !...
(Aux charretiers et aux valets de ferme.) Merci de
votre attachement, mes amis !.. A ce soir !.. Nous
défoncerons une feuillette que nous viderons à la
santé de mon lieutenant et aux débris de notre
pauvre armée !...

TOUS.
Vive le lieutenant de la garde !...

HUBERT, à part.
Une feuillette à boire !... (Avec sentiment.)
Hum !... Il y aura encore de beaux jours pour la
France !

REPRISE DU CHOEUR de Paul Cliffort.
TOUS.
Ce moment heureux
A comblé nos vœux !..
Que d' joie
Il nous envoie !
Ce moment heureux
L' ramène à nos vœux !

(Ils sortent.)

○○○

SCÈNE V.

LOUISE, CATHERINE, MAURICE,
CHARLES.

MAURICE.
Quel bonheur de se revoir !... Eh bien ! voilà
mon lieutenant... ce bon Charles ! Catherine,
Louise, regardez-le bien ; sans lui vous n'auriez
plus ni frère ni mari !...

LES DEUX FEMMES.
Comment ?

CHARLES, avec embarras et humeur.
Allons, Maurice... vous allez encore m'ennuyer
de cette vieille histoire !...

MAURICE.
Oh ! il n'en conviendra pas !... Mais voyez cette
balafre... au beau milieu du front... ça parle de
soi-même, c'est le coup de sabre qui m'était des-
tiné !...

LOUISE et CATHERINE.
Est-il possible !...
(Maurice fait passer Charles entre Louise et Catherine.)

LOUISE.

C'est à vous que je dois mon mari !...

CATHERINE, s'empressant auprès de lui.

Comment jamais nous acquitter ?...

MAURICE, gaîment.

D'abord en l'embrassant.

LOUISE et CATHERINE, voulant l'embrasser.

Oh ! de bon cœur !...

CHARLES, se défendant doucement.

Non, non... ce n'est pas la peine !

MAURICE, riant.

Ça lui fait peur !... ça se retrouvera au moins !... on ne vous en fait pas grâce ! C'est le garçon le plus timide, le plus modeste : il ne songe jamais aux récompenses, lui... Croiriez-vous qu'après vingt belles actions et des blessures reçues à Montmirail, à Champaubert, partout, il ne pensait pas à la croix !...

CHARLES.

Bah !... il y en avait tant qui la demandaient.

MAURICE.

Heureusement que d'autres y pensaient pour lui !... Vous rappelez-vous, mon lieutenant, ce jour où l'Empereur accourt... devant notre régiment ? Il venait de distribuer des croix, et il en tenait encore une à la main : « C'est la dernière, » dit-il, qui est-ce qui la réclame ?... Comment, » on se tait !... »

AIR : On y va, on y va.

Allons, que l'on me cite,
Et la main sur le cœur,
Le brave qui mérite
D' porter c'tte croix d'honneur !
Soldats, que chacun parle !...
Tout l' monde s'écria,
En montrant du doigt Charle :
Le voilà ! (5 *fois*.)

CATHERINE.

A la bonne heure ! quand on les obtient comme ça.

LOUISE.

Que vous avez dû être fier !

CHARLES, simplement et avec un peu d'émotion.

Oui... ça m'a fait plaisir !...

CATHERINE, l'entourant.

Nous n'avons pas de croix d'honneur à vous donner... mais notre amitié... nos soins.

LOUISE.

Notre affection !...

CHARLES, avec confusion.

Mon Dieu ! je suis confus ; mes chères dames, je n'ai rien fait, je vous jure... Si j'ai été assez heureux pour donner quelques coups de sabre qui aient été agréables à l'ami Maurice... c'est un service qu'on se rend tous les jours à l'armée.

AIR du vaudeville de la Somnambule.

Mauric' dans un gros de Cosaques,
Allait périr, quand par bonheur

CATHERINE.

Je suis tombé sur leurs casaques,
Et j' les ai frottés de bon cœur...
Avec les gens qu'on a coutum' de battre,
Quéqu's bons coups d' sabre sont permis :
On en r'çoit un ; on en rend quatre...
On ne compt' pas avec ses amis !

Et ça ne mérite pas...

MAURICE.

Si fait, si fait... Et si vous étiez un bon enfant, vous resteriez ici, vous vivriez avec nous ?

CHARLES.

Moi !...

MAURICE.

Eh ! mon Dieu !... il y a long-temps que je rumine ce plan-là... Je ne vous en parlais pas... parce que vous êtes un sauvage que tout effarouche, mais je me disais... (A Louise.) Donne-nous donc une bouteille, femme, que nous causions là... à notre aise... en attendant le dîner.

LOUISE, sortant et revenant un moment après.

Tout de suite, notre homme.

MAURICE, continuant et se mettant à table ainsi que Charles.

Je me disais... v'là nos campagnes finies !... Dieu sait ce qu'on fera de notre pauvre France ! Chacun va se renfermer dans son petit coin !... Qui empêche mon lieutenant de prendre ses invalides avec nous... dans notre ferme... Nous formerons une petite colonie si heureuse !... Depuis deux ans que j'ai épousé ma bonne Louise... notre petite fortune s'arrondit !... Nous avons de belles récoltes, de bons voisins, de bons amis !... Le lieutenant en augmenterait le nombre ; il aurait sa chambre là, dans le petit pavillon... (Montrant la droite.) Liberté entière !.. chacun suivrait son goût... Le matin, on fume sa pipe, le bonnet de police sur l'oreille, en regardant pousser les blés ou tomber les feuilles... A dîner, on vide une bouteille à la santé de l'autre... là-bas... là-bas... ça soulage !... (Il lui verse un verre de vin.) Le soir, on apprend l'exercice aux bambins ; on fait danser les jeunes filles, on raconte ses campagnes aux papas... On est sûr d'avoir toujours quelqu'un pour vous écouter... c'est quelque chose pour un soldat !... Et l'on est plus heureux qu'au bivouac de Smolensk ou à la prise de Moscou... Eh bien ! voyons... ça vous va-t-il ?...

CATHERINE.

Oh ! la bonne idée !...

LOUISE.

Vous ne nous quitteriez plus !

CHARLES, un peu ému.

Mon bon Maurice... je suis touché !... Certainement !... (Avec un soupir.) Mais je ne peux pas !... il faut que je m'en aille !...

MAURICE.

Pour aller vivre tout seul dans votre bicoque de Pontivy...

CATHERINE.

Tout seul ! ah ! que c'est ennuyeux !...

MAURICE.

Vous n'avez que des parens éloignés...

LOUISE.

Et des amis... ça vaut mieux que des parens...

CATHERINE.

Ça vaut mieux !

MAURICE.

Oui, c'est plus sûr et plus économique !...

CHARLES.

Je ne dis pas... mais il faut que je m'en aille !...

MAURICE.

Est-ce que le pays n'est pas agréable ?...

CHARLES.

Charmant !

MAURICE.

Est-ce que ma femme vous paraît si méchante ?...

CHARLES.

Par exemple !...

MAURICE.

Ou ma sœur pas assez gentille ?

CHARLES.

Au contraire !.. très jolie.

CATHERINE, à part.

Allons donc !... on a bien de la peine à lui arracher ça !

MAURICE.

Eh bien ?

CHARLES.

Eh bien ! c'est égal.... il faut que je m'en aille !·
Je voulais vous voir... je vous ai vus ; vous êtes
heureux... ça me fait plaisir... et je m'en vais.

(Il se lève.)

MAURICE, le retenant et passant à droite de Charles.

Diable d'entêté ! Dix pièces de canon ne le feraient pas démarrer... Et le baptême de mon gas...
Vous m'aviez promis d'être son parrain avec ma
sœur Catherine... (A sa sœur.) Un compère un peu
soigné, j'espère.

CATHERINE.

Je crois bien... on nous aurait porté les armes !...

MAURICE, bas à Charles.

Une petite commère éveillée... Hein ?...

CHARLES.

Ah ! c'était mademoiselle ?...

CATHERINE, à part.

Ça le radoucit...

CHARLES, hésitant.

Certainement, ce serait avec plaisir... mais il
faut que je m'en...

MAURICE.

Ah ! je sais bien... vous nous l'avez déjà dit !...

CATHERINE, avec dépit.

Ils sont aimables dans la garde impériale !

LOUISE.

Quel dommage ! moi qui avais fait porter vos
effets dans le pavillon...

CHARLES.

Vous êtes bien bonne .. mais je suis très pres-

sé... et si Maurice ne peut pas me prêter la carriole qu'il m'avait offerte...

MAURICE, avec humeur.

Il s'en irait à pied !... (Se levant.) Un moment,
que diable !... vous donnerez bien le temps qu'on
l'attèle cette carriole !... (Bas à Louise.) Allons,
rien ne me réussit... moi qui avais des idées...

LOUISE, bas.

Quoi donc ?

MAURICE, bas.

Ça aurait fait un si bon mari pour Catherine !...

LOUISE, bas.

J'y pensais... mais l'autre...

MAURICE.

L'autre ! eh ! mon Dieu ! il n'est plus de ce monde... c'est trop clair à présent ! Mais celui-ci qui
n'entend rien... qui veut partir... (Faisant signe à
sa sœur.) Dis donc, Catherine... tâche donc de le
décider à rester !

CATHERINE, bas et le montrant qui s'est assis d'un
air rêveur.

C'n'est pas facile !...

MAURICE, de même.

Fais ton possible !... j'ai mes raisons... (Haut.)
Lieutenant... j'vas faire atteler !

ENSEMBLE.

MAURICE, LOUISE, CATHERINE.

AIR : L'amitié vous engage. (ELLE EST FOLLE.)

MAURICE et LOUISE, à part.

Mettons-y de la prudence.
Avec elle en ces lieux
Il aura plus de confiance :
Laissons-les tous les deux !

CATHERINE, à part.

C'est p't-être une imprudence
De rester en ces lieux !
Mais non, j'ai confiance ;
Il paraît malheureux.

CHARLES, à part.

L'amitié vient d'avance
Au devant de mes vœux ;
Mais il faut de la prudence,
Je dois quitter ces lieux.

CATHERINE, seule, à part en le regardant.

Un secret l'inquiète.
C'est bien facile à voir.
(Avec un sourire.)
Si l'on était coquette,
On tâch'rait de l' savoir.

REPRISE DE L'ENSEMBLE.

Mettons-y d'la prudence, etc.

(Louise et Maurice sortent à gauche.)

SCÈNE VI.

CATHERINE, CHARLES.

(Charles est assis de côté, et se croyant seul, il a tiré sa pipe qu'il a allumée. Catherine s'est assise à l'autre bout du théâtre, et travaille à un bonnet d'enfant.)

CATHERINE, à part.

Quel air mélancolique !... C'est intéressant quoique ça... les hommes qui ont un air mélancolique !

CHARLES, après un silence, pousse un soupir.

Ah !...

CATHERINE, à part.

Quel soupir !... il a été trompé par une femme !... ça se voit tout de suite !...

CHARLES, se croyant seul.

N'y pensons plus !

CATHERINE, à part.

C'est ce qu'ils disent tous... et ils y pensent toujours !... Je voudrais bien connaître son secret, savoir s'il n'y a aucun moyen de le consoler !... (Le regardant en dessous.) C'est qu'il est très bien, au moins... (Elle tousse légèrement.) Hem !...

CHARLES, tressaillant.

Comment ! ils nous ont laissés...

CATHERINE, à part.

Il m'a vue !

CHARLES, qui a allumé sa pipe et qui fume.

Ce Maurice... qui s'en va !... Moi, qui n'ai pas l'habitude des tête-à-tête...

CATHERINE, à part.

Le v'là bien embarrassé ! C'est amusant un homme qui a fait la guerre et qui a peur d'une femme !

CHARLES, à part.

Il faut cependant que je lui dise quelque chose d'agréable... (Otant sa pipe de sa bouche et après avoir hésité.) Ça vous incommode, peut-être, l'odeur de la pipe, mamselle ?

CATHERINE.

Mon Dieu, non ! D'ailleurs... depuis que les alliés sont en France, tout le monde fume !

CHARLES.

Oui... plus ou moins !... (Fermant le poing.) Cré mille noms de canailles !... Ah ! pardon...

CATHERINE.

Oh ! ne vous gênez pas ! A cet égard-là... je pense absolument comme vous... et je conçois que ça donne de l'humeur... Un brave officier !... Mais ce n'est pas une raison pour fuir le monde, pour aller s'enterrer dans un coin comme un ours !...

CHARLES, se radoucissant.

Quelle jolie petite voix... (Haut.) C'est pourtant ce qu'on a de mieux à faire... quand on n'est pas heureux !...

CATHERINE.

Pas heureux ! pas heureux ! parce que vous êtes peut-être trop exigeant !... Je ne cherche pas à savoir vos secrets... mais pourquoi avez-vous refusé les offres de mon frère ?

CHARLES, secouant la tête.

Ah ! dame !...

CATHERINE.

Pourquoi refuser d'être mon compère ?... (Faisant une petite moue.) Ce n'est pas gentil ça !...

CHARLES, la regardant.

Ah ! dame !... écoutez donc, peut-être que c'eût été trop dangereux pour moi.

CATHERINE, affectant de ne pas comprendre.

Comment ?

CHARLES, souriant.

Oui... si j'allais... enfin... on ne sait pas... si j'allais...

CATHERINE, de même.

Quoi donc ?

CHARLES, hésitant.

Dame !... si j'allais... vous aimer ?...

CATHERINE, à part.

Tiens !... pas mal... pour un homme qui fume.

CHARLES.

C'est une plaisanterie, au moins.

CATHERINE.

Oh ! je sais bien.

CHARLES, hésitant.

Car jeune et jolie comme vous êtes, entourée de beaux garçons qui vous font la cour... il est impossible que vous n'ayez pas fait un choix.

CATHERINE.

Moi ? mon Dieu, non... je n'ai choisi personne.

CHARLES, étonné.

Bah !...

(Il rapproche un peu sa chaise.)

CATHERINE, le regardant du coin de l'œil.

Il s'est rapproché un petit peu.

CHARLES.

Cependant votre frère veut vous marier : il ne faisait que me parler de ses projets, du désir de vous établir, et j'ai cru naturellement...

CATHERINE.

Du tout ! il n'est question de rien...

CHARLES, met sa pipe dans sa poche, et se rapprochant encore.

Ah !... vous n'allez pas vous marier ?...

CATHERINE.

Mon Dieu, non !...

CHARLES, comme s'il allait parler, s'arrêtant et reprenant froidement.

C'est différent !... alors... (La regardant travailler et après un silence.) Qu'est-ce que vous faites donc là ?...

CATHERINE, lui souriant.

Un petit bonnet... pour notre filleul...

CHARLES.

Notre filleul ?

CATHERINE.

Certainement ! vous serez mon compère !... je l'ai mis dans ma tête !...

CHARLES.

Dame ! si vous le voulez absolument... je pourrais revenir...

CATHERINE, à part.

V'là déjà quelque chose !... (Haut.) Oui, mais quand vous reviendrez, il faut être plus gai que ça !... Voyez-vous, je veux changer votre caractère, moi !... Je ne vous demande pas vos secrets !... mon Dieu !... mais enfin, qu'est-ce que vous avez ?... Pourquoi ces gros soupirs, cette tristesse et cet air malheureux ?...

CHARLES, profondément ému.

Parce que je suis malheureux !... que je l'ai toujours été !...

CATHERINE, avec intérêt.

Vous !

CHARLES, de même.

Parce que je n'ai jamais été aimé... jamais !... de personne.

CATHERINE, se rapprochant aussi.

Oh ! pauvre jeune homme !... et votre mère ?

CHARLES, les yeux au ciel.

Je ne l'ai pas connue !... Je n'avais que mon père et un frère aîné... qu'il me préférait !... Oh ! lui, c'était son idole, son Benjamin... Tout ce qu'il faisait était bien : tout ce que je faisais était mal ; c'était tout au plus si on me souffrait dans la maison. On l'accablait de caresses et moi de duretés ! j'étais gauche, maladroit... Je n'entendais que ces mots : Oh ! le vilain enfant ! Il n'y avait pas jusqu'à une vieille tante... qui me rudoyait parce que je marchais sur son petit chien.

CATHERINE.

Oh ! les vieilles femmes sont terribles avec leurs petits chiens et leurs chats !...

CHARLES.

On m'avait mis au séminaire pour se débarrasser de moi... Fatigué, rebuté d'être à charge à toute ma famille, je me sauvai, je m'engageai ; mais je n'en fus pas plus heureux !... Je portai à l'armée ce caractère sauvage, ombrageux, que l'on m'avait donné, à force d'injustice !... Repoussé de tout le monde, je me défiais de tout le monde ; je ne croyais plus à rien... Quand un camarade me tendait la main... je l'évitais ! quand un ami me souriait, je disais : il va me tromper !... Et cependant j'étais bon, sensible... j'avais un cœur qui ne demandait qu'un peu de tendresse, de pitié pour se donner tout entier ; mais froissé, méconnu par tous les hommes... je les pris tous en haine !...

CATHERINE.

Et les femmes ?

CHARLES.

Les femmes !... oh ! vous sentez qu'avec ma malheureuse étoile... je ne m'y suis pas joué souvent... (Plus lentement.) Une seule fois, pourtant... j'avais cru rencontrer celle que je devais aimer toute ma vie... Ah ! j'étais heureux !... (Avec un soupir.) Mais c'était encore un rêve, une folie... car on m'a tout à fait oublié... j'en suis sûr !... (Se levant.) Et voilà pourquoi je veux fuir le monde... pourquoi j'ai tenté mille fois de me faire tuer... mais je n'ai pas même pu y réussir. Quand je courais au devant d'un obus, il me tombait des épaulettes ; quand j'aurais voulu qu'un biscayen me brisât la poitrine, c'était un ruban qui m'arrivait... !... Toujours du malheur !...

CATHERINE, qui s'est levée aussi, et à part.

Pauvre garçon ! comme ils l'ont traité !... avec une âme si noble, si généreuse !... (Haut.) Allons, monsieur Charles... il ne faut pas se désespérer ; vous avez des amis... mon frère d'abord, et puis moi, qui vous suis bien attachée !...

CHARLES.

Vous, Catherine !...

CATHERINE.

Oui ! vous m'avez tout émue... et je ne sais pas ce que je donnerais pour vous voir heureux !... Il ne faut pas vivre seul... vous deviendriez bourru, méchant, et ça serait dommage !... Parce qu'on a été trompé une fois, ce n'est pas une raison pour qu'on le soit toujours !... Je suis sûre, moi, que vous finirez par trouver une bonne petite femme, bien gentille, qui vous aimera pour vous-même... qui sera fière de vous appartenir, de porter votre nom !...

CHARLES.

Que dites-vous !

AIR : T'en souviens-tu.

Je n'ose croire à ce bonheur extrême...

CATHERINE.

Pour vous, hélas ! qui ne s'rait pas touché ?

CHARLES.

Où rencontrer un' personne qui m'aime ?

CATHERINE.

On ne sait pas, tant qu'on n'a pas cherché.

CHARLES, avec âme.

De posséder un cœur qui me réponde,
Je n'ai jamais tant senti le besoin ;
Pour le trouver j'irais au bout du monde.

CATHERINE, baissant les yeux.

N' faudra p't-êtr' pas qu' vous alliez aussi loin.

CHARLES, frappé et la regardant.

Qu'ai-je entendu ?

CATHERINE, émue.

Moi ? monsieur Charles, je n'ai rien dit.

CHARLES.

Oh ! si fait !... Ce regard... cette voix émue et tremblante... Catherine, s'il était vrai, Oh !

par pitié, ne me trompez pas!... Une pareille espérance déçue, j'en mourrais!... je me tuerais d'abord.

CATHERINE, effrayée.

Allons, voilà déjà sa mauvaise tête!

CHARLES, hors de lui.

Non, non, je ne me tuerais pas... Mais si j'étais aimé... si quelqu'un, par pitié, par bonté, consentait à se charger de mon bonheur... ma vie entière ne suffirait pas pour reconnaître un si grand bienfait; j'en deviendrais fou de joie!

CATHERINE.

Il va devenir fou à présent!

CHARLES, lui prenant la main.

Non, non... mais si c'était vous... vous!

CATHERINE, souriant.

Vous n'auriez pas peur que je vous trompe?

CHARLES.

Me tromper! est-ce que je ne vous connais pas? est-ce que je ne sais pas par votre frère tout ce que vous valez?... En venant ici, s'il faut vous l'avouer, eh bien! c'était ma dernière espérance.

CATHERINE, émue.

Vraiment!

CHARLES.

Me tromper!... vous, Catherine!... oh! non... vous en êtes incapable; et quand vous m'aurez dit, en me donnant votre main : Monsieur Charles, je vous aime... je suis à vous... je vous appartiens... je serai tranquille; car vous ne le direz qu'une fois dans votre vie, et jamais vous n'avez manqué à votre serment!

CATHERINE, qui a été frappée pendant ces derniers mots.

Un serment!... que dit-il?... Ah! grand Dieu!... mais j'en ai fait un autre, et je l'oubliais!

CHARLES, remarquant son trouble.

Qu'avez-vous?

CATHERINE, pâle et tremblante.

Rien!... rien!... mais laissez-moi.

CHARLES.

Catherine!

CATHERINE.

Laissez-moi, vous dis-je! (Se cachant la figure dans sa main, et d'une voix entrecoupée.) Ah! malheureuse!　　　(Elle s'enfuit dans la maison.)

SCÈNE VII.

CHARLES, seul.

Catherine!... Elle me fuit?... Ah! je devine... ce trouble, cette émotion... je ne me suis pas trompé... elle m'aime!... Oui, elle a craint de se trahir, de ne pouvoir me cacher ce qui se passait dans son cœur... Heureux Charles!... moi qui me désespérais, qui maudissais mon étoile... Ah! j'étais un ingrat!... et, grâce au ciel, je ne puis plus douter de mon bonheur. Justement, voici Maurice.

SCÈNE VIII.

MAURICE, arrivant d'un autre côté, CHARLES.

MAURICE, tristement.

Allons, puisqu'il le faut, mon lieutenant... je viens vous avertir que la carriole est prête.

CHARLES, qui l'écoute à peine.

Quelle carriole?

MAURICE.

Celle que vous m'avez demandée.

CHARLES.

Pourquoi faire?

MAURICE.

Dame! pour vous en aller.

CHARLES.

M'en aller... moi! il est bien question de cela!... Je reste, je reste, mon ami.

MAURICE.

Comment!...

CHARLES, agité.

Si tu savais ce qui m'est arrivé!...

MAURICE, inquiet de son agitation.

Ah! mon Dieu! est-ce que vot' dernière blessure se serait rouverte?

CHARLES, hors de lui.

Du tout!... c'est de joie, de bonheur!

MAURICE, intrigué.

Ah!... bien! vous avez une manière d'être heureux... qui est effrayante!...

CHARLES, allant à lui, et d'un ton ferme.

Mon ami, mon cher Maurice... tu me connais... Ma demi-solde, un bon cœur et ma croix, voilà tout ce que je possède; mais tu m'as dit souvent que tu m'étais dévoué... que tu m'aimais...

MAURICE, vivement.

Comme un frère!

CHARLES.

Comme un frère!... oui... c'est justement cela... Veux-tu me rendre le plus heureux des hommes?

MAURICE.

Si je le veux!

CHARLES.

Accorde-moi la main de ta sœur.

MAURICE, hors de lui.

De ma sœur!... de Catherine!...

CHARLES.

Si tu me refuses, je n'ai plus qu'à me brûler la cervelle!

MAURICE, avec transport.

La main de ma sœur!... que je voulais vous offpir, que je vous aurais supplié à genoux d'accepter... si je vous l'accorde!... (Lui sautant au cou.) Mon bon lieutenant!

CHARLES.

Mon ami!

(Ils se jettent dans les bras l'un de l'autre.)

MAURICE, s'essuyant les yeux.

J'en pleure!... mais dites-moi, vous l'aimez donc?

CHARLES.

Plus que ma vie!...

MAURICE.

Et elle?...

CHARLES.

Mais... je crois...

MAURICE.

Parbleu! vous en êtes bien capable... Oh! la petite masque... avec son air... (L'imitant.) « Dame!... ça n'est pas si facile... » Et cet autre avec son air sournois... « Il faut que je m'en aille!... » (Vivement.) Faut que je l'embrasse c'te bonne petite sœur pour la peine... (Il l'appelle.) Catherine!

CHARLES.

Ah ça! ne va pas la brusquer...

MAURICE.

Laissez donc... ça ira comme sur des roulettes! Je voudrais bien voir! (Lui serrant la main.) Dieu merci!... nous ne nous quitterons plus!... (Il appelle.) Catherine! Louise!...

CHARLES.

On vient... je ne veux pas la gêner! je serai là... Chut!... (Il se cache derrière le pavillon.)

SCÈNE IX.

MAURICE, LOUISE.

MAURICE, appelant toujours.

Catherine!

LOUISE, accourant.

Eh bien! à qui en as-tu donc?

MAURICE, la faisant passer à sa gauche.

Ce n'est pas toi que j'appelle... où est ma sœur?...

LOUISE.

Dans sa chambre... je l'ai vue rentrer tout en larmes!

MAURICE.

Pauvre petite?... un premier amour!... mais je vais bien vite la consoler. (Appelant.) Catherine!

LOUISE.

Mais tu as l'air d'un fou.

MAURICE.

Je le suis aussi!... Si tu savais un événement... tout ce que je désirais... (Voyant sa sœur.) Eh! la voilà!

SCÈNE X.

LES MÊMES, CATHERINE, pâle et s'essuyant les yeux.

CATHERINE.

Vous m'appelez, mon frère?

MAURICE, se contenant.

Viens ici, mon enfant, ma bonne petite Catherine!... (La regardant.) Eh bien!... qu'est-ce que c'est que ça?... nous avons du chagrin... nous avons les yeux rouges!...

CATHERINE.

Oh! ce n'est rien!...

MAURICE, d'un air goguenard.

Oui... une lubie de jeune fille... un nuage... je me charge de ramener le beau temps!... (Faisant des signes à Charles qui se montre un peu.) Dis-donc, Catherine... le lieutenant vient de me parler...

CATHERINE, troublée.

Le lieutenant?...

MAURICE, de même.

C'est un brave homme... n'est-ce pas?... une figure assez... et puis un cœur tout à fait... franc, un cœur loyal qui n'y va pas par quatre chemins!... Il prétend qu'il t'aime.

CATHERINE.

Oui, je le crois...

MAURICE.

Et toi?...

CATHERINE.

Moi?...

LOUISE, vivement.

Oh! elle l'aime aussi... Ce trouble!... ce tremblement... je m'y connais... voilà juste comme j'étais il y a deux ans.

CATHERINE, d'un air abattu.

C'est vrai!...

CHARLES, à part.

Qu'entends-je!

CATHERINE.

Je l'aime de toute mon âme... je l'aimerai toute ma vie... j'en suis sûre!

MAURICE.

Vivat!

CATHERINE, avec fermeté.

Mais jamais je ne l'épouserai...

CHARLES, à part.

O ciel!...

LOUISE.

Que dit-elle?

MAURICE, revenant à sa gauche.

Et pourquoi ça, s'il vous plaît?

CATHERINE.

Parce que j'appartiens à un autre; qu'il a ma

promesse, mes sermens, et que je ne puis disposer de moi sans son aveu!...

MAURICE, craignant que Charles n'entende.

Un autre!... Ne parle donc pas si haut!... Certainement! ce pauvre diable!... c'était un brave et digne garçon!... je serais heureux de le serrer dans mes bras... de lui offrir la moitié de ce que je possède!... Mais il faut être raisonnable, Catherine!... tu vois bien qu'il n'existe plus! Après deux ans passés...

CATHERINE.

N'importe je suis sa fiancée!...

MAURICE, craignant toujours que Charles ne l'entende.

Sa fiancée! sa fiancée!...

CATHERINE.

Oui... sa fiancée... je l'ai juré en lui donnant ma croix! et, s'il revenait, s'il reparaissait tout à coup pauvre, malheureux... quand je serais à un autre; qu'il me dit en me présentant ce gage : « Je vous ai conservé votre frère!... c'est à moi » que vous devez tout le bonheur dont vous » jouissez... Pour vous... j'ai tout souffert... tout » bravé; et, quand je reviens, n'ayant plus qu'un » dernier espoir, vous l'avez trompé!... vous avez » trahi votre foi! et, pour toute récompense, vous » me condamnez à l'abandon! » Oh! mon frère... j'en mourrais de honte!...

MAURICE.

Mais il ne reviendra pas...

LOUISE.

Il ne peut pas revenir...

MAURICE et LOUISE.

Catherine!

CATHERINE, avec fermeté.

Non, vous dis-je... je tiendrai ma promesse... et dussé-je en mourir... je ne l'oublierai pas!

SCÈNE XI

LES MÊMES, CHARLES, se précipitant au milieu d'eux.

CHARLES, avec joie.

Ah! voilà ce que j'espérais!...

MAURICE et LOUISE.

Le lieutenant!

CATHERINE.

Il était là!

CHARLES.

J'ai tout entendu!

CATHERINE.

Comment!...

CHARLES.

Oh! n'ayez pas peur... Catherine... mes amis... je suis dans mon bon sens!... Catherine! vous m'aimez, et sans le serment qui vous lie à un autre... vous seriez à moi?

CATHERINE.

Je le jure!...

CHARLES, vivement.

Eh bien! rassurez-vous... c'est moi qui l'ai reçu!

TOUS.

Vous!...

CHARLES, avec feu.

C'est moi qui ai reçu votre croix, qui suis parti à la place de votre frère!...

MAURICE et LOUISE.

Est-il possible!...

CATHERINE, avec joie.

O mon Dieu!...

CHARLES.

Craignant toujours le malheur qui s'attachait à mes pas, je me suis caché; je tremblais de me faire connaître!... Je voulais, à force de bravoure, de distinctions, mériter votre estime. Plus tard, désolé de ne devoir votre promesse qu'à la reconnaissance, je me disais qu'il était affreux de vous avoir liée à un homme que vous ne connaissiez pas... que peut-être vous en aimiez un autre... Je venais pour vous rendre votre parole... pour vous dégager... Mais maintenant... je m'en garderai bien... Vous m'aimez, Catherine, vous êtes à moi, et rien ne peut plus nous séparer!...

CATHERINE.

J'ai peine à rassembler mes idées...

LOUISE.

V'là-t-il une surprise!

MAURICE, passant entre Charles et Louise.

Mon bon lieutenant!... c'était vous!... et vous ne m'en aviez rien dit!...

CATHERINE, émue.

Ah! que vous m'avez causé de chagrin, mais c'est égal... (Lui tendant la main.) je ne vous en veux plus!... (En souriant.) Allons, monsieur, rendez-moi ma croix!...

CHARLES, troublé.

Votre croix?...

CATHERINE.

Mais oui... puisque c'est mon gage...

LOUISE.

Donnez-la vite...

CHARLES, frappé.

Ah! mon Dieu!...

CATHERINE.

Qu'avez-vous donc? ce trouble... Vous ne l'avez pas perdue, j'espère...

CHARLES.

Oh! non...

MAURICE, bas.

Vous ne l'avez pas donnée à une autre femme quelquefois?...

CHARLES.

Non... mais... je suis bien malheureux!... Cette croix... je ne l'ai plus!...

CATHERINE.

Vous ne l'avez plus !...

CHARLES.

Je l'avais confiée... dans un moment où je n'espérais plus... et maintenant... j'ignore... je ne sais...

CATHERINE, défiante.

Ma croix, monsieur, ma croix... montrez-la moi vite...

CHARLES.

Impossible !... Mais qu'importe, après tout... si vous m'aimez... si vous n'aimez que moi ?...

CATHERINE, retirant sa main.

Non... j'y vois clair... vous me trompez... ça n'est pas vous !...

MAURICE et LOUISE.

Comment ?...

CHARLES, stupéfait.

Vous pourriez croire ?...

CATHERINE.

C'est un piége, une ruse concertée avec mon frère.

MAURICE.

Avec moi ?

CATHERINE.

Il vous aura tout conté, et...

MAURICE.

C'est possible que je lui en aie dit quelque chose au bivouac... Mais...

CATHERINE, indignée.

Là ! voyez-vous ! Ah ! c'est indigne !... c'est affreux ! Abuser de ma bonne foi, surprendre ma tendresse pour me rendre plus malheureuse encore !

CHARLES.

Catherine !

CATHERINE.

Ne me parlez pas... ne me dites rien... Je ne veux plus vous voir, vous entendre... je vous déteste !... jamais je ne serai à vous !...

CHARLES, désespéré.

Ah !... mon étoile maudite ! je ne puis pas en triompher... Eh bien ! soyez contente... je pars, je vais m'éloigner sur-le-champ, et vous ne me reverrez plus !...

ENSEMBLE.

CHARLES, CATHERINE, MAURICE, LOUISE.

AIR : C'est un lutin, c'est un démon. (PAUL CLIFFORD.)

CHARLES.

Que j'étais fou, quand j'espérais
  Qu'un destin plein d'attraits
  Calmerait désormais
Et mes chagrins et mes regrets !
Tout conspire contre mes vœux !
  Suis-je assez malheureux !
  Mais c'en est fait, je veux
M'exiler enfin de ces lieux.

CATHERINE.

Oh ! quel outrage ! quand j'espérais
  Qu'un lien plein d'attraits
  Calmerait désormais,
Et nos chagrins, et nos regrets.
Tout conspire contre mes vœux,
  Quel destin malheureux !
  Dès aujourd'hui je veux
Qu'à jamais il quitte ces lieux.

MAURICE et LOUISE.

Voyez un peu, quand j'espérais
  Qu'un hymen plein d'attraits
  Calmerait désormais
Et leurs chagrins et leurs regrets.
Tout conspire contre nos vœux ;
  Sommes-nous malheureux !
  Il voudrait à nos yeux,
S'éloigner à jamais de ces lieux !

MAURICE, seul.

Mais cette croix donnez-la donc.

CHARLES, hors de lui.

J'en perdrai la raison !

LOUISE.

Monsieur, donnez-la donc,
Si vous l'avez...

CHARLES.

Eh ! mon Dieu, non !

REPRISE DE L'ENSEMBLE.

Que j'étais fou ! etc.

(Charles se précipite dans le pavillon.)

SCÈNE XII.

CATHERINE, MAURICE, LOUISE.

MAURICE, furieux.

C'est le diable qui s'en mêle !

LOUISE.

Tout s'arrangeait si bien !

MAURICE, à Catherine qui sanglote sur une chaise.

Mais les femmes ne sont contentes que quand elles mettent le trouble partout !... Je ne sais qui me tient que je ne parte avec lui... (La regardant.) Ah ! tu pleures à présent !

CATHERINE.

Oui... parce que j'ai beau dire... je sens que je l'aimerai toujours !... Mais c'est égal... j'épouserai l'autre !...

LOUISE.

Une belle vengeance !...

MAURICE.

Et tu as le cœur de le désespérer... un si brave homme !... mon ami le plus cher !

CATHERINE.

Je lui aurais tout pardonné... Mais me tendre un piége, me tromper, prendre la place d'un pauvre malheureux !...

MAURICE.

Qu'en sais-tu ?

CATHERINE.

Alors, pourquoi n'a-t-il plus ma croix ?

MAURICE.

Bah ! à l'armée... ces babioles-là... des croix, des cœurs... ça se perd si facilement ! Et puis, après tout, quand ça serait... quand il t'aurait trompée... Eh bien ! c'est une ruse de guerre, et les ruses de guerre... c'est permis ! surtout quand ça ne fait de tort à personne !... Car enfin, si tu n'étais pas entêtée. . obstinée... comme... une femme, et une Bretonne par dessus le marché... tu comprendrais que cet autre ne peut pas s'en fâcher... qu'il ne reviendra pas... que c'est impossible !...

CATHERINE.

Vous croyez ?

MAURICE.

Je te le pomets... je m'y engage, et si tu entends jamais parler de lui...

SCÈNE XIII.

LES MÊMES, HUBERT.

HUBERT.

Not' bourgeois...

MAURICE, brusquement.

Que veux-tu ?

HUBERT.

Il y a là un pauvre soldat qui demande mamselle Catherine.

MAURICE, étonné.

Un soldat ?...

CATHERINE, de même.

Qui me demande ?

LOUISE.

Ah ! mon Dieu ! est-ce que ça serait ?...

MAURICE, inquiet.

Au fait, quand on parle du loup... Quelle figure a-t-il ?

HUBERT.

Pas trop belle !... un air minable !... Il dit commme ça... qu'il était ici il y a deux ans... que vous savez ce que c'est... et qu'il a quelque chose à remettre à mamselle votre sœur !

CATHERINE.

C'est lui !

LOUISE.

C'est clair...

MAURICE.

J'en ai peur !

CATHERINE.

Là ! qu'est-ce que je vous disais ! je savais bien qu'il reviendrait... Et maintenant me voilà forcée de l'épouser... je suis sûre qu'il est affreux !

CATHERINE.

MAURICE.

Allons, allons ! nous allons voir ça... Faites-le entrer !

HUBERT, au fond.

Venez par ici, mon brave homme !

CATHERINE, se détournant.

Ah ! je n'ose pas le regarder !...

HUBERT.

Entrez !... n'ayez pas peur !

SCÈNE XIV.

LES MÊMES , AUSTERLITZ, vêtu plus misérablement qu'au premier acte, la barbe un peu longue, un bâton à la main, etc.[*]

AUSTERLITZ.

Peur ! c'est bien moi qui m'amuse à ça... (Hubert sort.) Salut , famille aimable !... Mesdames, il y a quelque laps... que je n'ai eu l'avantage !... Je me réincline de rechef...

MAURICE, cherchant à se rappeler ses traits.

Pardon ! on vous a fait attendre.

AUSTERLITZ.

N'y a pas d'affront !... vu que j'étais vis-à-vis d'une petite commère à cachet rouge ; et on ne s'ennuie jamais avec un camarade dont l'uniforme est vert-bouteille... comme disait un ancien militaire !...

MAURICE, surpris.

Eh mais !... ce langage...

AUSTERLITZ.

Vous n' me remettez pas ?... Il parait que le séjour que j'ai fait chez ces antipodes de Russes... le physique !... (Se posant.) Allons... fixe... la revue d'inspection !... Regardez bien.

MAURICE, l'examinant.

Eh !... mon Dieu... ce teint brûlé...

AUSTERLITZ.

Dans c' pays-là, cependant... si l'on attrape des coups... c' n'est pas des coups de soleil.

MAURICE.

Je ne me trompe pas... c'est ce pauvre Austerlitz !...

LES DEUX FEMMES.

Le sergent Austerlitz !...[**]

AUSTERLITZ.

Lui-même !... toujours sergent... avant, pendant et après... les sardines jusqu'à extinction.

CATHERINE.

Celui qui, il y a deux ans...

MAURICE.

Et d'où venez-vous, mon brave ?

AUSTERLITZ.

De Russie... en me promenant la canne à la main.

* Catherine, Maurice, Hubert, Austerlitz, Louise.
** Maurice, Catherine, Austerlitz, Louise.

LOUISE et CATHERINE.

De la Russie!...

MAURICE.

Que vous avez dû souffrir!

AUSTERLITZ.

Si je disais que j'n'ai pas soufflé dans mes
doigts, je mentirais!... Trente-huit degrés de
glace... et dix pieds de neige!... Si je retourne
de ces côtés-là... il y fera chaud... comme disait
un ancien militaire.

LES DEUX FEMMES.

Bonté divine!...

AUSTERLITZ.

Sans compter une pluie battante de Cosaques
et de Kalmoucks... un tas d'Chinois qui n'ont de
courage qu'au bout de leurs lances et dans les
jambes de leurs chevaux! Hum! s'ils ne nous
avaient pas envoyé l'onglée, quelle dégelée!.. on
aurait vu!...

MAURICE.

Et, dites-moi... le camarade qui était parti avec
vous?...

AUSTERLITZ, se grattant le front.

Le camarade?..

LOUISE.

Oui, ce jeune homme...

CATHERINE.

Qui a remplacé mon frère?...

AUSTERLITZ, avec embarras.

Juste!... c'est pour ça que je venais... il m'a-
vait chargé d'une commission...

TOUS.

Lui?...

AUSTERLITZ, se grattant toujours le front.

Le diable m'extermine!... j'avais préparé un
petit discours pour vous glisser la chose... mais
v'là que je n'm'en souviens plus... j'ai une mémoire de lapin!... J'aime mieux aborder à la
baïonnette... et vous dire... (Avec un soupir.) que
le pauvre garçon...

TOUS.

Ah! grand Dieu!... est-ce que?...

AUSTERLITZ.

Fini!... plus personne... Y a déjà long-temps
qu'il a regagné sa dernière caserne...

MAURICE.

Mort!..

AUSTERLITZ, essuyant une larme.

Dans mes bras!...

CATHERINE, à son frère, en montrant le pavillon.

Tu vois si ton lieutenant nous trompait...

MAURICE, lui faisant signe de se taire.

Chut! (A Austerlitz.) Vous étiez auprès de
lui?...

AUSTERLITZ.

Toujours!... nous faisions route ensemble, et
il marchait d'un train!... A la Moskowa, déjà
caporal... grâce à son éducation stimulée d'une

crânerie équivalente!... (Avec abandon.) Ah! quel
joli conscrit! quel charmant caractère!... quel
commerce agréable!... toujours prêt à se battre!... il enlevait des redoutes... comme moi mon
fusil, d'une seul main et à bras tendu!... Je me
disais quêtfois: « Qu'est-ce qu'il a donc mangé, le
camarade?... il en fait trop... c'est des bêtises...»
Ça n'a pas manqué... à la Bérésina...

TOUS, avec intérêt.

A la Bérésina!...

AUSTERLITZ.

Nous étions dans le gâchis jusqu'au cou!... Je
vois mon gaillard qui se lance à travers ces gueu-
ses de barbes rousses... il en abattait à faire fré-
mir l'univers! Je dis : n'y a pas de tempérament
qui puisse y tenir!... aussi je le vois tomber sous
trois coups de lance, escortés de deux coups de
feu et d'une mitraille! Excusez du peu... J'ac-
cours... il me reconnaît... « Camarade, qu'il me
» dit... en se soulevant avec peine de dessus un
» major russe dont il s'était fait un oreiller... c'est
» toi qui m'as remis c'te croix d'or... mon seul
» bien, ma vie!... reprends-la... mon affaire est
» faite, je le sens... tu la rendras à mamselle Ca-
» therine, en lui disant que je ne l'ai jamais ou-
» bliée; que je ne me suis séparé de sa croix qu'à
» la mort!...» Et... et là v'là.   (Il la lui donne.)

CATHERINE, pleurant et la prenant.

Oui, oui! c'est bien elle!

AUSTERLITZ, ému.

AIR du matelot (de M. Duchambge.)

Là-d'sus il m'dit : —Touch'-là, mon camarade!
J' lui pris la main pour calmer ses douleurs :
« Allons, sergent... la dernière accolade... »
En l'embrassant... j'sentis couler mes pleurs!
Sa tête alors tomba sur ma poitrine...
Et j'entendis sa bouch' qui murmura
Le nom d' l'Emp'reur et celui de Catherine...   [ça!
Qu'est-c' qui n's'rait pas heureux d'mourir comm'

CATHERINE.

Ah!...

MAURICE, abattu.

Et c'est pour moi!

LOUISE.

Pauvre jeune homme!...

AUSTERLITZ, s'essuyant les yeux et la moustache.

Je voulais le venger; mais je fus entraîné... et
plus tard... comme je me disposais à remplir sa
commission... ne v'là-t-il pas qu'au pont de Lei-
spick, dans la débacle, je suis aplati entre un
caisson et un gueux de parapet... que j'en suis
resté onze mois à l'hôpital, avec quinze cataplas-
mes en guise de serre-files! Bien obligé! c'est ce
qui m'a empêché d'être de la dernière danse d'ici!
car si j'y avais été... je vous prie de croire que
ça ne se serait pas passé comme ça!... Mais on
ne peut pas être partout, comme dit l'autre!

CATHERINE.

Eh bien! eh bien! mon frère?

MAURICE.

Que veux-tu ?

CATHERINE, regardant du côté du pavillon.

Il était mort ! et lui qui ose se présenter à sa place, qui ose réclamer ses droits !... Ah ! quelle indignité !...

AUSTERLITZ.

Qu'est-ce que vous dites ?... Comment ! il y aurait un être assez dégradé... assez avili.

LOUISE.

Oui ! un homme qui prétend que c'est lui qui est parti à la place de Maurice...

MAURICE.

Qui le soutient...

CATHERINE.

Qui voulait m'épouser !

AUSTERLITZ, furieux.

Mille Kremlins ! quelle infamie ! tromper de braves gens ! prendre le nom d'un camarade, et vouloir prendre un susterfuge auprès d'une jeune fille... Où est-il ?

MAURICE, montrant le pavillon.

Dans cette chambre ! Mais je ne puis croire...

AUSTERLITZ, froidement et la main sur son sabre.

Je vas lui dire deux mots... à ses oreilles !...

MAURICE.

Non, non !...

LOUISE.

Prenez garde !...

CATHERINE.

C'est un officier...

AUSTERLITZ.

Qu'est-ce que ça me fait ! ..

MAURICE.

Un brave !

AUSTERLITZ.

Tant mieux !... je lui passerai mon sabre au travers du corps ; j' peux pas faire moins pour un ami !... (Il fait un pas vers la porte.)

MAURICE, remontant aussi.

Je ne souffrirai pas...

LOUISE, effrayée.

Ah ! mon Dieu !

CATHERINE.

Ils vont s'égorger !

oo.xooocooooooooooooooooLoooooooooooooooooooooooo

SCENE XV.

LES MÊMES ; CHARLES, prêt à partir et sortant du pavillon.

AUSTERLITZ, tirant le sabre.

Mille tonnerres ! c'est donc vous... (Il l'envisage.) Que vois-je ?...

CHARLES.

Austerlitz !

AUSTERLITZ.

C'est lui !

(Il jette son sabre et s'élance à son cou.)

TOUS, étonnés.

Ils s'embrassent !

AUSTERLITZ, fou de joie.

Il n'est pas mort ! mon bon Charles...

ENSEMBLE.

AIR : Ah ! mon Dieu, quel malheur ! (FEMME DE L'AVOUÉ.)

Ah ! grand Dieu, quel bonheur !
Est-ce un prodige ? ô joie extrême !
D'ivresse et de bonheur
Comm' je sens s'agiter mon cœur !
Celui   que j' croyais   mort,
      qu'il croyait
Le voilà donc... oui, c'est lui-même.
Ah ! je bénis le sort
De pouvoir l'embrasser encor.

MAURICE, très ému.

C'était mon lieutenant,
Qui me remplaça l'autre année.

CHARLES.

J' vous l' disais dans l'instant.

CATHERINE.

Qu' j'étais injuste en l' repoussant !

LOUISE.

C'te croix qu'il n'avait pas.

AUSTERLITZ.

J' crois bien, puisqu'il m' l'avait donnée.

MAURICE.

Vous pleuriez son trépas ?

CATHERINE.

Il était mort !...

AUSTERLITZ, avec transport.

Il n' l'était pas !

(Tous sautent au cou de Charles.)

ENSEMBLE.

Ah ! grand Dieu, quel bonheur ! etc.

MAURICE, gaîment.

Avons-nous eu du mal à nous y reconnaître.

AUSTERLITZ, à Charles.

Mais comment diable vous en êtes-vous tiré ?... Car, enfin... je vous ai tenu mort dans mes bras !..

CHARLES, souriant.

Je n'étais qu'évanoui... Ramassé par un brave chirurgien-major... il a long-temps désespéré de moi !... mais au bout de trois mois j'étais en état de recommencer, et j'en ai attrapé bien d'autres !

AUSTERLITZ.

Je n'en suis pas en peine... Vous étiez fait pour avoir tout ce qu'il y a de mieux en ce genre-là !

CATHERINE, très émue et regardant Charles.

C'était vous... vous que je repoussais... que je désespérais.

AUSTERLITZ.

Comment ! eh bien ! on vous en donnera des

* Maurice, Catherine, Austerlitz, Charles, Louise.

épaulettes de la jeune garde pour que vous me les arrangiez comme ça !

CATHERINE, tendant la main à Charles.

Pardon, pardon ! je t'avais méconnu... mais je t'aimerai deux fois !...

CHARLES, lui baisant la main.

Catherine !

MAURICE, la contrefaisant.

Ma croix ! ma croix... montrez-moi ma croix !

CATHERINE.

Ah ! je n'étais coupable que par excès de fidélité !

AUSTERLITZ.

C'est d'autant plus beau... que c'est infiniment plus rare... Ce n'est pas d'un ancien militaire ça... c'est de moi !...

MAURICE, à sa sœur.

C'est égal, voilà une croix qui sera ta croix d'honneur !

CATHERINE.

Elle ne me quittera plus... je lui dois mon bonheur !...

CHARLES.

Et moi donc !

MAURICE et LOUISE.

Et nous !

AUSTERLITZ.

Et moi ! Il y a de l'écho !...

MAURICE.

Eh bien ! sergent... faites comme lui... restez aussi avec nous !...

AUSTERLITZ.

Oh ! je ne peux pas, moi... Je n'ai ni femme, ni enfans... mais j'ai mon Empereur... là-bas, qui m'attend à l'île d'Elbe... Je suis sûr qu'il a déjà dit : « Où est donc Asterlis ? il n'y a donc plus d'Asterlis ? « Oh ! que si... on y va, mon général !... Le plus souvent que je le planterai là... tout seul.

CHARLES, riant.

Et s'il ne veut pas de toi ?

AUSTERLITZ, avec un tournoiement d'épaule.

Laissez donc !... il n'est pas si dégoûté !... Seulement... (Baissant la voix.) si nous revenions, quêtefois... On ne sait pas... faut rien dire... faut pas prévenir les autres... Je vous dirais bonjour en passant, et je fumerais une pipe avec vous !

ooooooooooooooooooooooooooooooooooooooooooooooooooooo

SCÈNE XIV.

LES MÈMES, HUBERT, GENS DE LA FERME, PAYSANS, armés de brocs et de verres.

HUBERT.

Not' bourgeois, la feuillette est défoncée.

MAURICE.

Eh bien ! il faut la boire à la santé des nouveaux mariés !

ENSEMBLE.

AIR: Le bon tour, la bonne folie! (ÊTRE AIMÉ OU MOURIR.)

CHOEUR DES PERSONNAGES.

Quel bonheur ! quelle douce ivresse !
Après de périlleux combats.
Sur mon cœur enfin je vous presse !
Désormais ne nous quittons pas.

CHOEUR DES PAYSANS.

Quel bonheur ! quelle douce ivresse !
Après de si nombreux combats,
Revoir l'objet de sa tendresse,
Et le presser entre ses bras !

TOUS.

Allons, plus de douleur !
Sa présence,
D'avance,
Vient rendre à chaque cœur
Le calme et le bonheur.

FIN DE CATHERINE.

Paris. — Imprimerie de DUBUISSON, rue Coq-Héron, 5.